目　錄

台語通用拼音與注音符號對照表

一、韻母

通用	a	i	u	e	or	o	ai	au	an	m	ang	ng	ua	ue	uai	uan	ing	ik	a
注音	ㄚ	ㄧ	ㄨ	ㄝ	ㄜ	ㄛ	ㄞ	ㄠ	ㄢ	ㄇ	ㄤ	ㄥ	ㄨㄚ	ㄨㄝ	ㄨㄞ	ㄨㄢ	ㄧㄥ	ㄧㄍ	°ㄚ 鼻化韻 / ° 輕聲

※ 入聲時，-p、-t、-k、-h對應至ㄅ、ㄉ、ㄍ、ㄏ。

二、聲母

通用	b	p	bh	m	d	t	l	n	g	k	h	gh	ng	z / z(i)	c / c(i)	s / s(i)	r / r(i)
注音	ㄅ	ㄆ	ㄇ	ㄇ	ㄉ	ㄊ	ㄌ	ㄋ	ㄍ	ㄎ	ㄏ	ㆭ	°ㆭ	ㄗ / ㄐ	ㄘ / ㄑ	ㄙ / ㄒ	ㄖ / ㄖ

三、聲調

聲調別	第一調	第二調	第三調	第四調	第五調	第六調	第七調	第八調	第九調	輕聲
通用	a	à	a̲	āp	ă	à	ā	ap	a̲p	°

※ 第八調轉第九調（按傳統約略轉為第四調）

第一篇

常用單字篇

地　名
due/de-miǎ
地　名

台　灣 （台語文）
dai/dāi-ǔan　（通用拼音北部/南部腔調）
台　灣 （國語）

基　隆	雲　林
gue/gē-lǎng	hun/hūn-lǐm
基　隆	雲　林

台　北	嘉　義
dai/dāi-bāk	gā-ghī
台　北	嘉　義

桃　園	台　南
tor/tōr-hǐng	dai/dāi-lǎm
桃　園	台　南

新　竹	高　雄
sīn-tīk	gōr-hiǒng
新　竹	高　雄

苗　栗	屏　東
miau/miāu-lik	bing/bīng-dong
苗　栗	屏　東

台　中	宜　蘭
dai/dāi-diong	ghi/ghī-lǎn
台　中	宜　蘭

彰　化	花　蓮
ziōng/ziāng-hua	hūa-liǎn
彰　化	花　蓮

南　投	台　東
lam/lām-dǎu	dai/dāi-dang
南　投	台　東

2

房　　間內的物　　件
bang/bāng gīng lāi e̱/ē mn̯g/mi̱h giāⁿ
房　　間裡的東　　西

P3
2

圖	手機仔	電腦
dǒ	ciu kī à	di̱an nàu
圖畫	手機	電腦

電　視機	鋼琴	門
di̱an si̱ gi	gn̄g kǐm	mǎg
電　視機	鋼琴	門

窗　仔/窗　仔　門	眠　　床	食飯桌仔
tāng à /tāng a mǎg	bhi̱n/bhīn cǎg	zi̱ah bn̯g dor à
窗　子	床	餐　　桌

椅仔	手　錶（手　錶　仔）	箱　仔
i à	ciu biòr （ciu bior à）	siūⁿ à
椅子	手　錶	箱　子

5

刀 仔
dŏr/dōr à
刀　子

杯 仔
būe à
杯 子

玻 璃 杯
bōr le̩/lē bue
玻 璃 杯

雨 傘
ho̩ sua^{n}
雨 傘

批
pue/pe
信

書
zu
書

聽 力 測 驗

1 ☑　　 ☐　　**2** ☐　　 ☐

電 腦　　　　鋼 琴　　　　箱 仔　　　　椅 仔

3 ☐　　 ☐　　**4** ☐　　 ☐

杯 仔　　　　雨 傘　　　　批　　　　　書

身軀的各部分
sīn ku e/ē gok bo hūn
身體的各部分

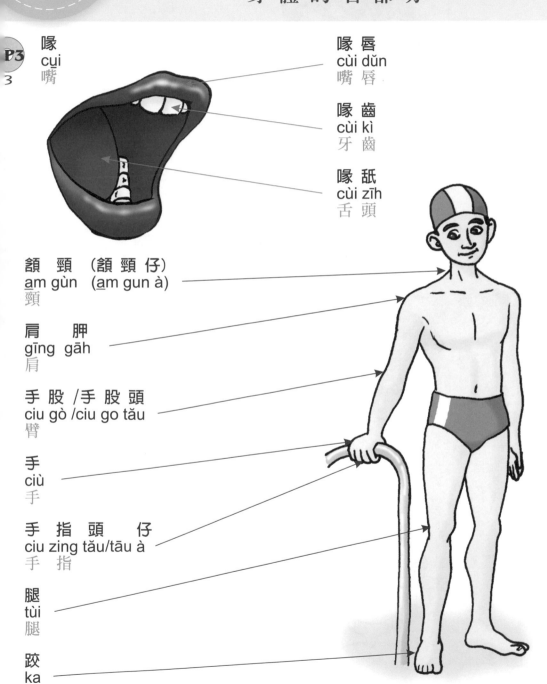

P3
3

喙
cui
嘴

喙唇
cùi dǔn
嘴唇

喙齒
cùi kì
牙齒

喙舌
cùi zīh
舌頭

頷頸 (頷頸仔)
am gùn (am gun à)
頸

肩胛
gīng gāh
肩

手股／手股頭
ciu gò／ciu go tǎu
臂

手
ciù
手

手指頭仔
ciu zing tǎu／tāu à
手指

腿
tùi
腿

跤
ka
腳

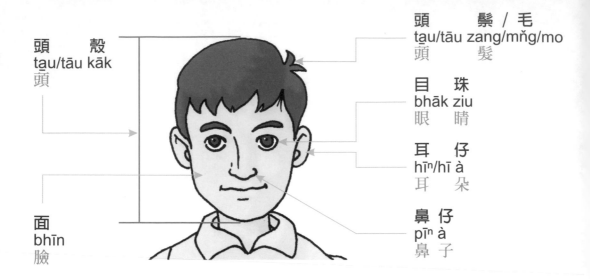

頭　殼
tau/tāu kāk
頭

面
bhīn
臉

頭　　鬆／毛
tau/tāu zang/mǐng/mo
頭　　髮

目　珠
bhāk ziu
眼　睛

耳　仔
hīⁿ/hī à
耳　朵

鼻　仔
pīⁿ à
鼻　子

聽力測驗

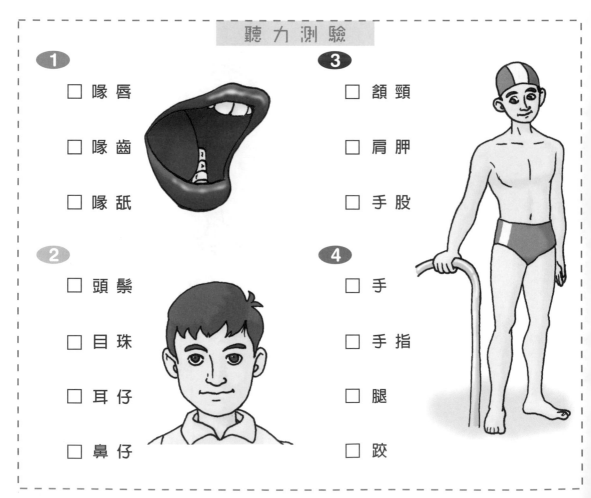

1
- [ ] 喙唇
- [ ] 喙齒
- [ ] 喙舌

2
- [ ] 頭鬆
- [ ] 目珠
- [ ] 耳仔
- [ ] 鼻仔

3
- [ ] 頷頸
- [ ] 肩胛
- [ ] 手股

4
- [ ] 手
- [ ] 手指
- [ ] 腿
- [ ] 跤

4

學 校 內 的 物 件
hāk hau lāi e/ē mng/mih giān
學 校 裡 的 東 西

P3
4

時 鐘
si zing
時 鐘

烏 枋
ō bang
黑 板

擦 烏 枋 的（拭仔）（擦仔）
cit ō bang e (hu à) (cit à)
板 擦

粉 筆
hun bīt
粉 筆

書 桌 仔
zū dor à
書 桌

筆
bīt
筆

鉛 筆
iān bīt
鉛 筆

筆 記 簿
bit gì pō
筆 記 本

教 科 書
gàu kōr zu/su
教 科 書

字 典
li/ri/ghi diàn
字 典

紙
zùa
紙

牆 （ 壁 ）
ciŭn (biāh)
牆

9

地 枋/板
de bang/bàn
地 板

天 房
tiān bǒng
天 花 板

鈴 仔（鍾 仔）
lǐng/līng à (zīng à)
鈴

地 圖
de dǒ
地 圖

聽 力 測 驗

1

□   □

烏 枋   粉 筆

2

□   □

紙   牆

3

□   □

筆 記 簿   教 科 書

4

□   □

地 枋   地 圖

5

阮　　兜（厝）（阮　　的厝）
ghun/ghuan dau (cu) (ghun/ghuan e/ē cu)

我　的　家

客廳
kè tiaⁿ
客廳

食飯廳
ziah bng tiaⁿ
餐廳

房　　間
bang/bāng ging
臥　　室

浴間／室
īk ging/sīk
浴室

灶跤
zàu ka
廚房

厝（茨）頂
cù　　dìng
屋　　頂

樓　梯
lau/lāu-tui
階　梯

花　園
hūe hňg
花　園

大　門
dua mňg
大　門

電　話
dian ūe
電　話

1
☐　　☐

客　廳　　房　間

2
☐　　☐

灶　跤　　樓　梯

3
☐　　☐

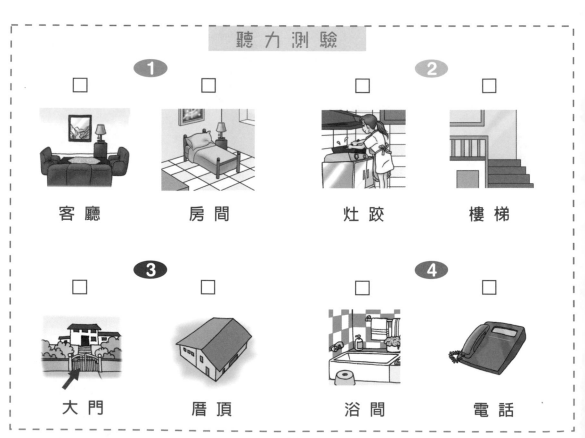

大　門　　厝　頂

4
☐　　☐

浴　間　　電　話

家族的稱呼
gā zok e̱/ē cīng ho
家 族 的 稱 呼

P3
6

外媽	外公		阿媽	阿公
ghu̱a mà	ghu̱a gong		ā mà	ā gong
外婆	外公		奶奶	爺爺

阿姨	阿舅	阿母	阿爸	阿姑	阿叔	阿伯
ā ǐ	ā gū	ā bhù	ā ba /bāh/bǎ	ā go	ā zīk	ā bēh
阿姨	舅舅	媽媽	爸爸	姑姑	叔叔	伯父

阿姐	小妹	我 某（家後）	小弟	阿兄
ā zì/zè	sior bhē/mūe/bhūe	ghùa — bhò (gē āu)	sior dī	ā hiaⁿ
姐姐	妹妹	我 妻子	弟弟	哥哥

囝婿	查某囝	後生	新婦
giaⁿ sai — zā bho giàⁿ		hau̱ siⁿ/seⁿ — sīn bū	
女婿	女兒	兒子	媳婦

外查某孫	外孫	查某孫	查埔孫
ghu̱a za̱ bho sun	ghu̱a sun	zā bho sun	zā bō sun
外孫女	外孫	孫女	孫子

某（家後） 丈夫 /翁 /翁婿
bhò (gē āu) — dio̱ng hu/ang/āng sai
妻子　　　　　　　丈夫

查埔人 /查埔
zā bō lǎng / zā bo
男　　人

查某人 /查某
zā bho lǎng / zā bhò
女　　人

查埔囡仔
zā bō ghin à
男　孩

查某囡仔
zā bho ghin à
女　孩

囡仔
ghin à
小孩

紅嬰仔　　　/嬰仔
ang- $\bar{i}^n$- à / āng- $\bar{e}^n$- à/i^n - a°/e^n- a°
嬰　　兒

1
☐　　　　　☐

2
☐　　　　　☐

阿爸

阿母

小弟

阿姐

3
☐　　　　　☐

4
☐　　　　　☐

查埔人

查某人

查埔囡仔

查某囡仔

身 軀 所 穿 的 物 件
sīn ku so cīng e̲/ē mn̲g/mi̲h giāⁿ

身 上 所 穿 的 東 西

帽 仔
bhǒr/bhōr à
帽　　子

外 套（口衫）
ghu̲a to̲r (kau saⁿ)
外　套

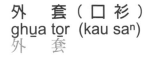

女 裝
lu zong
女 裝

膨 紗 衫
pòng sē saⁿ
毛 線 衣

襯 衫（日本音）
cìn san (sia-zu°)
襯 衫

頂 面／懸 衫
ding bhi̲n/gu̲an saⁿ
上　　　衣

褲
ko
褲子

裙
gǔn
裙子

袜 仔
bhe̲h/bhu̲eh à
襪　　子

絲袜仔	鞋仔	靴（馬靴／靴管）
sī bhe̱h/bhu̱eh à	ǔe/ē à	hia（bhe hia / hiā gòng）
絲襪	鞋子	靴子（馬靴／雨鞋）

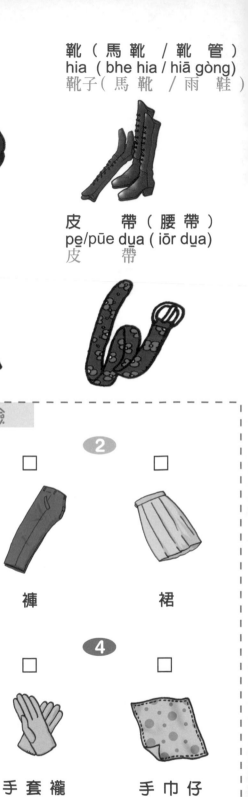

手套襱	手巾仔	皮帶（腰帶）
ciu to̱r/ lǒng	ciu gūn/gīn à	pe̱/pūe du̱a（iōr du̱a）
手套	手帕	皮帶

1 ☐ ☐   **2** ☐ ☐

帽仔　　外套　　褲　　裙

3 ☐ ☐   **4** ☐ ☐

袜仔　　鞋仔　　手套襱　　手巾仔

食　物（佮／共／參）飲料
sīt/sīk bhut (gah/giāu/cām)　im liāu

食　物　和　　　　　飲　料

P3
8

麵 包 （ 麵 棒 ／ 外來語）
mī bau　(mī bōng / pàng)
麵 包

奶 油　（外來語）
nī iǔ　(bha da°)
奶油

果 醬　（外來語）
gor ziuⁿ　(ria mu°)
果 醬

乳 酪　　（外來語）
nī làu　(cì süh/cì rüh)
乳 酪

卵
nng
蛋

三　明　治
san bhíng züh`（華語發音）
三　明　治

湯
tng
湯

肉
bhāh
肉

雞　肉
gūe/gē bhāh
雞　肉

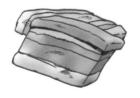

高麗菜
gōr le/lē cai
高麗菜

馬鈴薯
ma lịng zǔ /ma-līng-zǐ
馬鈴薯

臭茄仔（柑仔蜜／外來語）
càu kī à(gām a bhit /tōr ma dor°)
蕃茄

米
bhì
米

果 子
ge/gue zì
水 果

蘋 果 /瓜（柯）果
pong gòr/gūa gòr
蘋 果

芎 蕉
gīn zior
香 蕉

葡萄
por dǒr(pụ tǒr/pōr dǒr/pū tǒr)
葡萄

柑 仔
gām à
橘 子

雞 卵 糕
gūe/gē nn̲g gor
蛋　　糕

糖
tn̲g
糖

鹽
iǎm
鹽

牛 奶
ghu̲ ni/ghū ling
牛　奶

早 頓
za dn̲g
早　餐

中　　晝 頓
diōng dàu dn̲g
午　　餐

晚 頓
àm dn̲g
晚　餐

宵 夜
siāu iā/iah
宵　夜

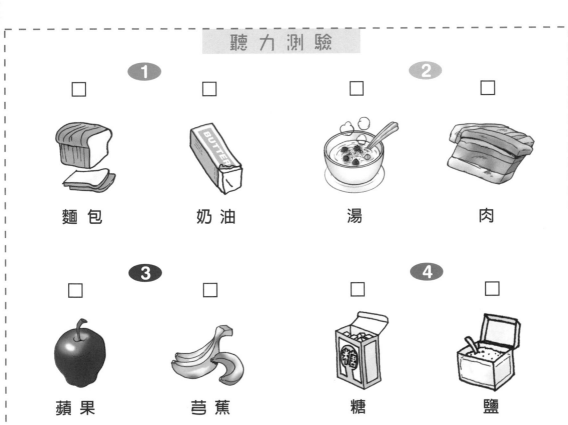

聽 力 測 驗

①
☐ ☐ ☐ ☐

麵 包　　奶 油　　湯　　肉

③
☐ ☐

④
☐ ☐

蘋 果　　芎 蕉　　糖　　鹽

19

9

植 物 佮 動 物 的 名 　 稱
sīt/sīk bhut gah dong bhut e/ē bhing/bhīng cing
植 物 與 動 物 的 名 　 稱

MP3
9

花
hue
花

草
càu
草

樹
ciū
樹

玫 　 瑰 花
mui/mūi gùi hue
玫 　 瑰 花

貓
niau
貓

狗
gàu
狗

馬
bhè
馬

豬
du/di
豬

綿 　 羊
mi/mī iǔ^n
綿 　 羊

兔仔
to à
兔子

乳　牛
nī/līng ghǔ
乳　　牛

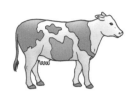

大　象
du̱a ciūⁿ/ciōⁿ
大　象

鳥　鼠
niau cù/cì
老　鼠

虎
hò
老虎

獅
sai
獅子

雞
gue/ge
雞

鴨
āh
鴨

天　鵝
tiān ghǒr
天　鵝

魚
hǔ/hǐ
魚

鳥　仔囝
ziau a giàⁿ
小　鳥

21

10

交 通 工 具
gāu tōng gāng kū/gū
交 通 工 具

噴 射 機
pùn siạ gi
噴 射 機

飛 行 機（飛 龍 機）
hūi hịng/hīng gi (hūi lịng/līng gi)
飛 機

貨 車
hè/hùe cia
貨 車

公 車（巴 士–外來語）
gōng cia (bha sūh)
公 車

汽 車
kì cia
汽 車

計 程 車
gè dịng/dīng cia
(gè tịng/tīng cia)
計 程 車

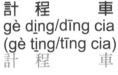

跤 踏 車（孔 明 車 / 自 彎 車 / 自 轉 車 / 鐵 馬）
kā dạh cia (kong bhịng/bhīng cia / zụ uan cia / zụ zuan cia / tì bhè)
腳 踏 車

機 車 （外來語）
gī cia （ōr dor bhài)
摩托車

電 車
diạn cia
電 車

捷 運	火 車	電 梯
ziāt/ziāp ūn	he/hue cia	diạn tui
捷 運	火 車	電 梯

小 船 / 船 仔	郵 輪	遊 艇
sior zŭn / zŭn/zūn à	iụ/iū lŭn	iụ/iū tìng
小 船	郵 輪	遊 艇

聽 力 測 驗

1 □ □   **2** □ □

公 車	機 車	汽 車	貨 車

3 □ □   **4** □ □

捷 運	火 車	電 梯	船 仔

11

都 市 佮 鄉　村　（都 市 佮 庄 跤）
dōr cī gah hiōng cun/cuan (dōr cī gah zng ka)
都 市 和 鄉　村

MP3
11

街　路
gūe/gē lō
街　道

鐵枝路
tì gī lō
鐵 路

車 站（車 頭/ 車 牌 仔
ciā zām (ciā tău / cia bāi à）
車 站

大 樓
dua lǎu
大 樓

學 校
hāk hāu
學 校

教 堂
gàu dng
教 堂

圖　書 館
do/dō zū gùan
圖　書 館

銀　行
ghun/ghīn hǎng
銀　行

郵 便 局
iu/iū bian giok
郵　　局

百貨　公司
bà hè/hùe gōng si
百貨　　公司

公　園
gōng hǎg
公　園

動　物　園
dong bhūt hǎg
動　物　園

溪　仔
kūe/kē à
小　溪

橋
giǒr
橋

田　庄
cạn/cān zng
村　莊

農　場
long/lōng diǔⁿ/diǒⁿ
農　場

聽 力 測 驗

①　☐　☐　　　　**②**　☐　☐

街　路　　　　車　站　　　　學　校　　　　教　堂

③　☐　☐　　　　**④**　☐　☐

銀　行　　　　公　園　　　　圖書館　　　　郵便局

大　自然　的　物　件
dai/dua zu liǎn/riǎn e/ē mng/mih giāⁿ
大　自然　的　事　物

MP3
12

日　　頭	地　　球	月　　娘	星　（天星）
līt/rīt/ghit tǎu	due/de giǔ	gheh/ghueh niǔ	ciⁿ/ceⁿ (tīⁿ ciⁿ/ceⁿ
太　　陽	地　　球	月　　亮	星星

山	湖	山　谷（坑　崁）
suaⁿ	ǒ	sūaⁿ gōk (kīⁿ/kēⁿ kam)
山	湖	山　谷

森　　林	樹林	水池仔
sīm/sōm lǐm/nǎ	ciu nǎ	zui dǐ/dī à
森　　林	樹林	池　　塘

沙 埔
sūa bo
沙 灘

海 洋
hai iŭⁿ/iŏⁿ
海 洋

海 岸
hai hūaⁿ
海 岸

水
zùi
水

天 頂
tīⁿ dìng
天 空

雲
hŭn
雲

落 雨
lọrh hō
下 雨

風
hong
風

暴 風 雨
bōk hōng ù
暴 風 雨

落 雪
lọrh sēh
下 雪

虹
kīng
彩虹

春
cun
春

夏
hā
夏

秋
ciu
秋

冬
dang
冬

1 □ □

2 □ □

日 頭　　月 娘　　海 岸　　天 頂

3 □ □

4 □ □

雲　　風　　落 雨　　落 雪

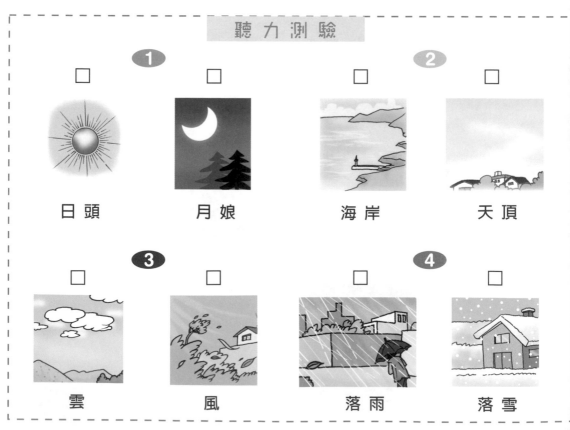

世界各國
sè gai gok gōk

世界各國

中華民國
diōng hǔa bhin/bhīn gōk

中華民國

中國
diōng gōk

中國

日本
līt/rīt bùn

日本

韓國
han/hān gōk

韓國

美國
bhi gōk

美國

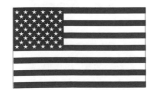

英國
īng gōk

英國

法國
huat gōk

法國

德 國
dik gōk
德 國

義 大 利
ì/i̱ da̱i lī (ī da līh)
義 大 利

瑞 典
sui diàn
瑞 典

西 班 牙
sē bān gha̱
西 班 牙

加 拿 大
gā na̱/na dai (gā na dāh)
加 拿 大

新 加 坡
sīn gā por
新 加 坡

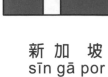

歐 洲
āu ziu
歐 洲

亞 洲
ā ziu
亞 洲

非 洲
hūi ziu
非 洲

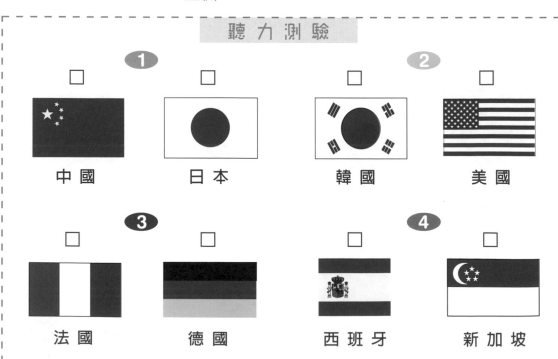

聽 力 測 驗

① □ □ ② □ □

中國　日本　韓國　美國

③ □ □ ④ □

法國　德國　西班牙　新加坡

色 水 的 名　　稱
sik zùi e̲/ē bhi̲ng/bhīng cing
顏 色 的 名　　稱

紅　色
ang/āng sīk
紅　色

柑 仔色
gām a sīk
橙　色

粉 紅　色
hun ang/āng sīk
粉 紅　色

黃　色
ng̲/n̲g sīk
黃　色

綠色（青　色）
līk sīk (cīⁿ/cēⁿ sīk)
綠 色

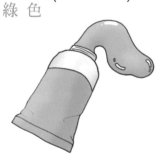

塗　色
to̲/tō sīk
棕　色

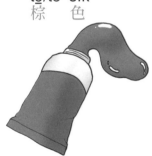

藍　色
na̲/nā sīk
藍　色

紫色（茄　色/茄 仔色）
zi sīk (gio̲r sīk/giōr a sīk)
紫 色

烏色
ō sīk
黑色

白 色
beh sīk
白 色

殕色/鳥 鼠 仔色
pu sīk/niau cu/ci a sīk
灰色

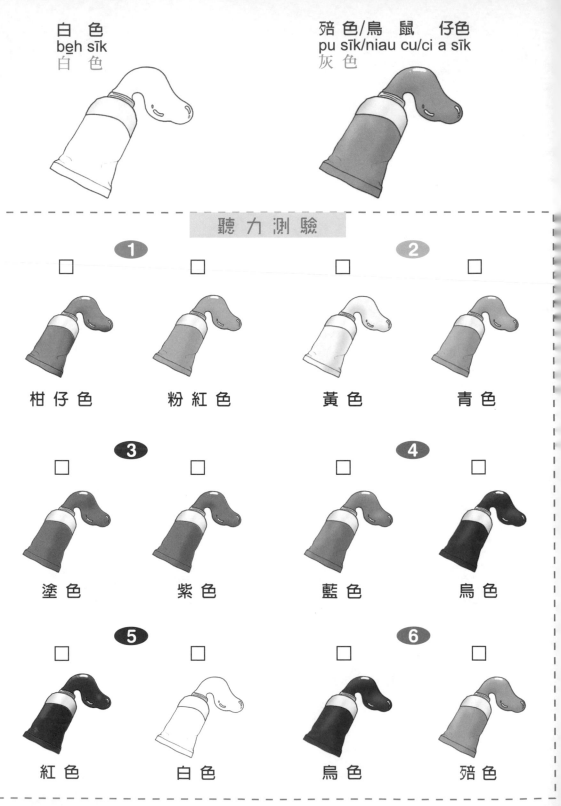

聽 力 測 驗

1 ☐ ☐   **2** ☐ ☐

柑 仔 色   粉 紅 色   黃 色   青 色

3 ☐ ☐   **4** ☐ ☐

塗 色   紫 色   藍 色   烏 色

5 ☐ ☐   **6** ☐ ☐

紅 色   白 色   烏 色   殕 色

第二篇

常用會話篇

15

● **請　入　　　　來。**
　ciaⁿ (lip/rip/ghip) lai°
　請　進　　　　來。

● **請　出　去。**
　ciaⁿ cūt ki°
　請　出　去。

● **請　來　我　遮。**
　ciaⁿ lai/lāi ghua zia
　請　到　我　這兒。

● **請　講。**
　ciaⁿ gòng
　請　說。

● **請　聽　我　講。**
　ciaⁿ tiāⁿ ghua gòng
　請　聽　我　說。

● **請　綴　　　我　來。**
　ciaⁿ dè/dùe ghua lăi
　請　隨　我　來。

● 提　　過　　　來。（提　　過　　　來。）
tè/tē　gēh/gūeh lai°　（te/tē gè/gùe lăi。）
拿　　過　　　來。

● 提　　出　去。
tè/tē cūt ki°
拿　　出　去。

● 毋　通　繪　　　記。　（癏　繪　　　記）。
m tāng bhue/bhe gi e°。　（mài bhue/bhe gi e°）
不　要　忘　　　記。

● 毋　通　食　薰！　　（癏　食　薰！）
m tāng ziah hun！　（mài ziah hun！）
不　要　吸　煙！

● 斡　倒　爿。
uat dòr bĭng
向　左　轉。

● 斡　正　　爿。
uat zià^n bĭng
向　右　轉。

● 向　　前　　　　　　　　行。
hiòng（zĭng/zīng/ziăn/ziān）giă^n
向　　前　　　　　　　　走。

● 斡　後　爿。
uat au bĭng
向　後　轉。

35

● 請　少　等　一　下。

ciaⁿ sior dàn zit° e°

請　　　　等　一　下。

● 請　共　我　鬥　相　　　共。

ciaⁿ g̲a̲ ghua dàu sāⁿ/sior gāng

請　幫　我。

● 請　　來　　即　爿。

ciaⁿ l̲a̲i/lāi zit bǐng

請　到　這　邊　來。

● 請　細　　腻。

ciaⁿ sùe/sè l̲ī/r̲ī/ghī。

請　小　　心。

● 請　添　即　張　　　表。

ciaⁿ tīⁿ zit diūⁿ /diōⁿ biòr。

請　填寫　這　張　　　表格。

● 我　會　使　離　開　啊　獪　?

ghua e̲　sai l̲i̲　kui a bhūeh/ bhueh°?

我　可　以　離　開　了　嗎?

● 我　會　使　請　你　鬥　相　　　共　獪　?

ghua e̲　sai ciaⁿ li dàu sāⁿ/sior gāng bhūeh/bhueh°?

我　可　以　請　你　幫忙　　　嗎?

● 我　會　使　入　　　　來　獪　?

ghua e̲　sai (lip/rip/ghip) lai°　bhūeh/ bhueh°?

我　可　以　進　　　　來　嗎?

● 請 你 講 較 慢 一 點 仔 / 一 下。

cia^n li gong kah bhān $zit°$ $diam°$ $a°$ / $zit°$ $e°$。

請 你 說 慢 一 點 兒。

● 請 你 共 我 講 便 所佇叨 位 ?

cia^n li ga ghua gong bian sò ti dor ūi ?

請 你 告訴我 廁 所在 那 兒 ?

第 2 課

簡 單 問　　句
gan dān bhun/mng gu
簡 單 問　　句

MP3
16

● 這 是啥(甚)　麼？　　　(這 是 啥？)
　ze si̱ siaⁿ　mēh/mīh？　(ze si̱ siaⁿ°？)
　這 是 什　　麼？

● 彼 是 啥(甚)　麼？　　　(彼 是 啥？)
　he si̱ siaⁿ　mēh /mīh？　(he si̱ siaⁿ°？)
　那 是 什　　麼？

● 你 叫 啥(甚)　麼　　　名？　(你 叫 啥 名？)
　li gio̱r siaⁿ　meh/mih miǎ？　(li gio̱r siaⁿ miǎ)？
　你 叫 什　　麼　　　名字？

● 你 想　　　欲　　　　得 啥(甚)　麼？　　　(你想
　欲　　　　得 啥？)
　li siu̱ⁿ/sio̱ⁿ bheh/bhueh di̱h siaⁿ　mēh/mīh？　(li siu̱ⁿ/sio̱ⁿ
　bheh/bhueh di̱h siaⁿ°？)
　你 想　　　要　　　　什　　麼？

● 啥(甚) 麼　　代 誌？　　　(啥 代 誌？)
　siaⁿ　meh/mih da̱i zi̱？　(siaⁿda̱i zi̱？)
　什　　麼　　事 情？

● 啥(甚) 麼　　價 錢 /數？　　(啥 價 錢 /數？)
　siaⁿ　meh /mih gè zĭⁿ/sia̱u？　(siaⁿ gè zĭⁿ/sia̱u？)
　什　　麼　　價 錢？

● 今 仔 日　　　　是 幾 號 (當　時)？　　　(今仔日)
gīn a lit/rit/ghit si gui hōr(dāng sǐ)？　(giāⁿ lit/rit/ghit)
今　天　　　　　是 幾 號？　　　　　　(今　天)

● 今 仔 日　　　　是 拜 幾？　　　　　(今仔日)
gīn a　lit/rit/ghit si bài gùi？　　　(giāⁿ lit/rit/ghit)
今　　天　　　　是 禮 拜 幾？　　　　(今　天)

● 幾 點 啊？
gui diàm a°？
幾 點 了？

● 你 咧　　　揣　　啥 (甚) 麼？　　　（你咧　　　揣　　　啥）
li leh/deh ce/cue siaⁿ　mēh /mīh？　(li leh/deh ce/cue siaⁿ°？)
你 在　　　找　什　麼？

● 你 講　啥 (甚) 麼？　　　（你 講　啥 ？）
li gong siaⁿ　mēh /mīh？　(li gong siaⁿ°？)
你 說　什　麼？

● 伊 咧　　無　　　閑　　啥 (甚) 麼？　　　（伊 咧
無　　　閑　　啥？）
ī leh/deh bhor/bhōr ing/īng siaⁿ　mēh/mīh？　(ī leh/deh
bhor/bhōr ing/īng siaⁿ°？)
他 在　　忙　　　些　什　麼？

● 你 是 叨 一 國　的　人？
li si dor zīt gōk e/ē lǎng
你 是 哪 一 國　　人？

39

● 你佮意叨 一 種 色水？
li gà ì dor zīt ziong/zing sik zùi？
你喜歡哪 種 顏色？

● 叨 一個是你的？
dor zīt ě si li ě？
哪 一個是你的？

● 叨 一個上 好？
dor zīt ě siong hòr？
哪 一個 最 好？

● 你欲 /愛叨一 個？
li bheh/bhueh /ài dor zīt ě
你要 哪一 個？

● 啥 人 按呢 講 的？
siaⁿ lǎng/siǎng ān nē/nī gòng e°？
什 麼人 這樣 說 的？

● 啥 人 共 你 講 的？
siaⁿ lǎng/siǎng ga li gòng e°
誰 告訴你的？

● 你是 啥 人？
li si siaⁿ lǎng/siǎng？
你是 誰？

● 你好 無？
li hòr bhōr/bhor°？
你好 嗎？

● 啥　人教你學台　語 ?
sián lăng gà li o̲rh d̲ai/dāi ghù/ghì ?
誰　　教你學台　語 ?

● 它　賣　　　外　濟　　錢 ?
ī bhu̲eh/bh̲eh ghu̲a zu̲e/z̲e zǐⁿ ?
它　賣　　　多　少　　錢 ?

● 攏　總　外　濟　　錢 ?
long zòng ghu̲a zu̲e/z̲e zǐⁿ ?
一　共　多　少　　錢 ?

● 即　個　好　毋好（好　　無）?
zit e/ě hòr m̲ hòr (hòr bhor°) ?
這一個好　不好 ?

● 你近　　來好　無 ?
li gu̲n/gi̲n lăi hòr bhōr/bhor° ?
你近　　來好　嗎 ?

● 你今　年　幾　歲 ?
li gīn nǐ gui h̲e/hu̲e ?
你今　年　幾　歲 ?

● 你　佮意　伊無 ?
li　gà ì　i bhōr/bhǒr/bhor° ?
你　喜歡 它嗎 ?

● 費　用　按　怎　　計算 ?
hùi iōng an/àn zuaⁿ/zaⁿ gè sn̲g ?
費　用　怎　樣　　計算 ?

● 我　着 /愛閣 等外久？
ghua di_o_rh/ài gorh dan gh_u_a gù？
我　還　要　　等 多 久？

● 你 欲　　　去叨？ /叨 位？ /叨 位仔？
li bheh/bhueh kì dor？/dor uī？/ dor uī à？
你 要　　　去哪　　　兒？

● 伊蹛 佇叨？ / 叨 位？ /叨 位仔？
ī dùa di_ dor？/dor uī？/ dor uī à？
他住 在哪裏？

● 伊啥(甚) 麼　　　時 陣 則 會 來？　（伊啥 時 陣 則 會 來？）
ī sia^n　meh/ mih s_i_ zūn ziah e l_ǎ_i？　（ī sia^n s_i_ zūn ziah e l_ǎ_i？）
他什　麼　　　時 候 才 會 來？

● 伊啥(甚) 麼　　　時 陣 轉 來？　（伊 啥 時 陣 轉 來？）
ī sia^n　meh/ mih s_i_ zūn d̀ng lai°？　（ī sia^n s_i_ zūn d̀ng lai°？）
他什　　麼　　　時 候 回 來？

● 你啥(甚) 麼　　　時 陣有閑？　（你 啥 時 陣有閑？）
li sia^n　meh/ mih s_i_ zūn u_ ǐng？　（li sia^n s_i_ zūn u_ ǐng？）
你什　　麼　　　時 候有空？

● 遮 啥(甚) 麼　　　時 陣 關　　　　門？　　　（遮 啥 時 陣
關　　　門？）
zia sia^n　meh/ mih s_i_ zūn gūi^n/gūai^n m̌ng/m̌ui？　（zia sia^n s_i_ zūn
gūi^n/gūai^n m̌ng/m̌ui？）
這兒什　　麼　　　時 候關　　　　門？

● 你佮意 我 無？

li gà ì ghùa bhor°/ bhǒr？　　(li gà i̠ ghua° bhor°)

你喜歡 我 嗎？

● 你識　　伊 無？

li bāt/bhāt i° bhor°/bhǒr？

你認識　　他 嗎？

● 你佮意客 家 菜 無？　　　　　　（客 家 菜＝客 人 仔菜）

li gà ì kè gā c̠ai bhor°/bhǒr？　　（kè gā c̠ai＝kè lāng a c̠ai）

你喜歡客 家 菜 嗎？

● 我 會使試 穿 繪 ？

ghua e̠ sai cì cīng bhūe/ bhue°？

我 可以 試 穿 嗎？

● 你即 陣/馬（誠　　/真/足） 無　　　　閑 是毋？

li zit zūn/mà (zia̠ⁿ/ziāⁿ zīn/ziok) bhōr/bhǒr ǐng sī-m°？

你現 在 很　　　　　　忙　　　嗎？

● 你即 陣/馬 有閑 無？

li zit zūn/mà u̠ ǐng bhor°/bhǒr？

你現 在 有空 嗎？

● 你即 陣/馬 欲　　　　去啊是毋？

li zit zūn/mà bheh/bhueh ki̠ a° sī-m°？

你現 在 要　　　　去了嗎？

● 是按 呢 是毋？

si̠ ān nē/nī sī-m°？

是那樣 嗎？

● 你價數會使過　減一　點仔　嬒？

li gè si̲a̲u e sai gorh giàm zīt° diam° a° bhūe/ bhue°？

你　　可以再　減一　點　價錢嗎？

● 有拍/打　折　無？

u̲ pà/daⁿ ziāt bhor°/bhǒr？

有折　　扣　嗎？

● 這是你欲　　　　得/愛的 是毋？

ze si̲ li bheh/bhueh dì/a̲i e° sī-m°？

這是你所　　　　要　的嗎？

● 有空位無？

u̲ kāng ūi bhor°/bhǒr？

有空位子嗎？

● 李先生　　有佇厝的(裡)無？

lì sian° siⁿ°/seⁿ° u̲ di̲ cu̲ e (ni°) bhor°/bhǒr？

李先生　　　在家　　嗎？

● 它離遮（誠　　/真/足）遠 是毋？

ī li̲ zia (ziaⁿ/ziāⁿ zīn/ziok) h̄ng sī-m°？

它離這兒很　　　　遠　嗎？

● 你等（誠　　/真/足）久啊 是毋？

li dan (ziaⁿ/ziāⁿ zīn/ziok) gù a° sī-m°？

你等很　　　　久了嗎？

● 你會使共我　講　啥/甚麼　時陣無？

li e sai ga̲ ghua gong siaⁿ　meh/mih si̲ zūn bhor°/bhǒr？

你能告訴我　　什　麼　時候嗎？

● 你會當 / 用 　　　得共我　講　啥　時陣無？

li e dàng /īng/iōng dit gạ ghua gong siaⁿ sị zūn bhor°/bhōr？

你能告訴 　　　　　　我　　　什麼時 候 嗎？

● 我　會使為 你效　勞無？　　　　　我　會當 /用　　　得　　　為你
效　勞無？

ghua e sai ụi li hạu lŏr bhor°/bhŏr？ghua e dàng /īng/iōng dit/zit ụi li
hạu lŏr bhor°/bhōr？

我　可以為 你效　勞 嗎？

● 你會曉　講　台　語　　　獪　？

li e hiau gong dại/dāi ghù/ghì bhūe/ bhue°？

你會　說　台　語　　　嗎？

● 我　即　陣/馬 佇叨 位？

ghua zit zūn/mà di dor ui？

我　現　在　　在哪裡？

● 我　毋知（毋知 影）佇叨 位？

ghua m̲ zāi(m̲ zāi iaⁿ) dị dor ūi？

我　不知道 在哪裏？

第 **3** 課

17

● 好。
　hòr。
　好。

● 毋 好。
　<u>m</u> hòr。
　不好。

● 是。
　sī。
　是。

● 毋是
　<u>m</u> sī。
　不是。

● 有。
　ū
　有。

● 無。
　bhǒr。
　沒有。

● 會使 /當 /通 /用　　得。
e̲ sài/da̲ng/tang/īng/iōng dīt。
可以。

● 繪　　　 使 /當 /通 /用　　 得。
bhu̲e/bhe̲ sài/da̲ng/tang /īng/iōng dīt。
不　　　　可以。

● 佇 的 /咧。
dī ē/e°/leh°。
在。

● 無　　　佇 的 /咧。
bho̲r/bhōr dī ē/e°/leh°。
不　　　在。

● 我　(誠　　/真/ 足)　無　　　閑。
ghua (zia̲^{n}/ziā^n zīn/ziok) bho̲r/bhōr ĭng。
我　很　　　　　　　　忙。

● 我　繪　　無　　閑。
ghua bhu̲e/bhe̲ bho̲r/bhōr ĭng。
我　不　　　　　　忙。

● 我　有 閑。
ghua u̲ ĭng。
我　有 空。

● 我　無　閑。
ghua bho̲r/bhōr ĭng。
我　沒　　空。

● (誠/　　　真/ 足）大。
(zia^n/ziā^n/zīn/ziok) dūa。
很　　　　　　大。

● (誠　　/真/ 足）細。
(zia^n/ziā^n/zīn/ziok) s<u>u</u>e/s<u>e</u>。
很　　　　　　小。

● (誠　　/真/ 足）近。
(zia^n/ziā^n/zīn/ziok) gūn/gīn。
很　　　　　　近。

● (誠　　/真/ 足）遠。
(zia^n/ziā^n/zīn/ziok) hn̄g。
很　　　　　　遠。

● (誠　　/真/ 足）長。
(zia^n/ziā^n/zīn/ziok) dňg。
很　　　　　　長。

● (誠　　/真/ 足）短。
(zia^n/ziā^n/zīn/ziok) dè。
很　　　　　　短。

● (誠　　/真/ 足）深。
(zia^n/ziā^n/zīn/ziok) cim。
很　　　　　　深。

● (誠　　/真/ 足）淺。
(zia^n/ziā^n/zīn/ziok) ciàn。
很　　　　　　淺。

● (誠　　　/真/ 足)　懸/ 脹 。
(zi̱aⁿ/zi̱āⁿ/zīn/ziok) gǔan/lo̱r 。
很　　　　　　　高。

● (誠　　　/真/ 足)低。
zi̱aⁿ/zi̱āⁿ/zīn/ziok gē 。
很　　　　　　　　低。

● (誠　　　/真/ 足)　闊 。
(zi̱aⁿ/zi̱āⁿ/zīn/ziok) kūah 。
很　　　　　　　　　寬。

● (誠　　　/真/ 足)　鬆。
(zi̱aⁿ/zi̱āⁿ/zīn/ziok) sang 。
很　　　　　　　　　鬆。

● 無　　　　外　久。
bho̱r/bhōr ghu̱a gù 。
不　　　　　　久。

● (誠　　　/真/ 足) 久。
(zi̱aⁿ/zi̱āⁿ/zīn/ziok) gù 。
很　　　　　　　　久。

● (誠　　　/真/ 足) 緊。
(zi̱aⁿ/zi̱āⁿ/zīn/ziok) gìn 。
很　　　　　　　快。

● (誠　　　/真/ 足) 慢。
(zi̱aⁿ/zi̱āⁿ/zīn/ziok) bhān 。
很　　　　　　　慢。

- （誠　　　/真/ 足）急。
  (zia^n/ziā^n/zīn/ziok) gīp。
  很　　　　　　　急。

- 無　　　急。　　無　　　趕　緊。
  bho̱r/bhōr gīp。　　bho̱r/bhōr gua^n gìn。
  不　　　急。

- 真　好　食。
  zīn hor ziah。
  真　好　吃。

- 真　歹　　食。
  zīn pai/pai^n ziah。
  真　難　　吃。

- 佮意。
  gà i。
  喜歡。

- 無　　　佮意。
  bho̱r/bhōr gà i。
  不　　　喜歡。

- 我　知　影。
  ghua zāi ià^n。
  我　知　道。

- 我　毋　知　影。
  ghua m̱ zāi ià^n。
  我　不　知　道。

● 我　識。
ghua bāt/bhāt。
我　懂。

● 我　毋識。
ghua m̲ bāt/bhāt。
我　不懂。

● 這　着　是啊/囉。
ze di̲o̲rh sī aᵒ/loᵒ。
這　就　是了。

● 我　兩　(款/　項/　種)　　攏　佮意。
ghua n̲n̲g (kùan/hāng/zi̲ò̲ng/zìng) long gà i̲。
我　兩樣　　　　　　都　喜歡。

● 我　無　　　食　薰　的。
ghua bho̲r/bhōr zi̲a̲h hun eᵒ。
我　不　　　吸　煙　的。

● 我　欲　一　杯　麥　仔酒。(外來語)
ghua bheh zīt būe bhēh a ziù。(Bì-Luᵒ)
我　要　一　杯　啤　酒。

● 我　(誠　　　/真/　足)　好，多/　感　謝你。
ghua (zi̲aⁿ/ziāⁿ/zīn/ziok) hòr，dōr/gam si̲ā li̲ᵒ (dōr/gam si̲a̲ lì)。
我　很　　　　　　好，謝　　謝你。

● 好，　請　(請　便)。
hòr，ci̲àⁿ (ciaⁿ biān)。
好的，請　便。

51

● （誠　　　／真／足）久沒　　　看　着　你囉。

(ziaⁿ/ziāⁿ/zīn/ziok) gù bho̱r/bhōr kùaⁿ dio̱rh lì lo°

很　　　　　　　久沒　　見　到　你了。

● 是，我　會。

si，ghua ē。

是，我　會的。

● 我　拄仔好欲揣　你。

ghua du a hor bheh cē/cūe li°（ce̱/cu̱e-lì）。

我　正　　　要找　你。

● 好，　我　（誠　　　／真／足）歡　喜為你效　勞（服　務）。

hòr，ghua (ziaⁿ/ziāⁿ/zīn/ziok)hūaⁿ hi u̱i li ha̱u lo̱r(hōk bhū)。

好的，我　很　　　　　　　高　興　爲你效　勞。

● 好，　我　獪　　　放獪　　記的／得。

hòr，ghua bhu̱e /bhe̱ bàng bhu̱e/bhe̱ gi e°/dit°/zit°。

好的，我　不會　　　　　忘　記。

● 毋冤　致意。（毋冤　掛　意。）

m̱ bhian dì i̱。　(m̱ bhian gùa i̱。)

不必　介意。

● 毋通　按呢　講。

m̱ tāng ān nē/nī gòng。

哪兒　的　話。

● 我　實在（誠　　　／真／足）歹　　勢。

ghua sīt zāi(ziaⁿ/ziāⁿ/zīn/ziok) pai/paiⁿ se̱。

我　實在很　　　　　　抱　歉。

● 我（誠　　　／真／足）歹　　勢我　袂　　　當（通）共你鬥相　　共。
ghua (ziaⁿ/ziāⁿ/zīn/ziok) pai/paiⁿ se，ghua bhue/bhe dàng(tāng) ga li dàu sāⁿ/siōr gāng。
我　很　　　　　　　　　抱　　歡，我　不能　　　幫　助你。

● 無／　　　袂　要緊啦！
bhor/bhōr /bhue iàu gìn laº！
不　　　　　要緊啦！

● 彼是無　　　必　要的。
he si bhor/bhōr bit iau eº。
那是不　　　必　要的。

● 我　聽　着（誠　　／真／足）艱苦。
ghua tiāⁿ diorh (ziaⁿ/ziāⁿ/zīn/ziok) gān kò。
我　聽　了　很　　　　　　　難過。

● 你敲/拍毋著　電話號碼　囉。
li kà/pà m diorh dian ue hor bhè/mà loº。
你打錯　　電話號碼　　了。

● 請　等一　下。
ciaⁿ dàn zitº eº。
請　等一　等。

● （誠　　　／真／足）歡喜看　着　你。
(ziaⁿ/ziāⁿ/zīn/ziok) hūaⁿ hi kùaⁿ diorh lì。
真　　　　　　高興見　到你。

53

● 失 禮，攪 擾 囉。

sit lè，giau liàu/riàu lo°

對不起，打 擾 了。

● 請 坐。

ciaⁿ zē。

請 坐。

● 這 是 我 的 名 片。

ze si̱ ghua e̱/ē bhi̱ng/bhīng/mi̱a/miā pi̱ⁿ。

這 是 我 的 名 片。

● 請 毋 通 傷 晏。（遲 到。）

ciaⁿ m̱ tāng siūⁿ/siōⁿ u̱aⁿ。（di̱/dī do̱r。）

請 別 遲 到。

● 閣 加 坐 一 下 啦！

korh gē zē zit° e° la°！

再 多 坐 一 會兒吧！

● （誠 /真/ 足）久 無 看 的。

（zi̱aⁿ/ziāⁿ/zīn/ziok）gù bho̱r/bhōr ku̱aⁿe°。

好 久 不 見。

● 我 感 覺（誠 /真/ 足）快 樂。

ghua gam gak（zi̱aⁿ/ziāⁿ/zīn/ziok）kùai lok。

我 覺 得 很 快 樂。

● 再 會。

zài hūe。

再 見。

● 但　願　如此。　　　　　（希　望　是按呢。　　　　　　　）
dan ghuan lu cù/li-cì。　　　（hī bhang si an ne/ni。　　/ān nē/nī）
但　願　如此。

● 請　多多　保　重。
cian dōr dor bor diōng。
請　多多　保　重。

● 我　（誠　　　/真/ 足）歡　喜熟 似你。（共 你熟 似。）
ghua (zian/ziān/zīn/ziok) hūan hi sīk sai lì。（gah li sīk sāi。）
我　很　　　　　　　　高　興認 識你。

● 我　寒　着　啊/囉。
ghua gǔan diōrh a°/lo°。
我　感　冒　了。

● 我 希望　你 較緊 康　復。
ghua hī bhang li kah gin kōng hok。
我 希望　你 快些 康　復。

● 我　即　欲　康　復　啊/囉。
ghua zit bheh kōng hok a°/lo°。
我　快要　康　復　了。

● 我 有一　點仔頭痛。（我　頭　　殼有一　點仔痛）。
ghua u zīt diam a tǎu tian。（ghua tau/tāu kāk u zīt diam a tian）
我 有一　點　頭痛。

● 我　（誠　　　/真/ 足）歡 喜你 佮意它。
ghua (zian/ziān/zīn/ziok) hūan hi li gà i。（gà i i°。）
我　很　　　　　　　　高　興你喜歡它。

55

● 我　　　無　　　　　啉　酒的。

ghua bh<u>o</u>r/bhōr līm ziù e°。

我　　不　　　　喝　酒的。

● 即　個　真　好　食。

zit ě/e zīn hor ziah。

這　個　真　好　吃。

● 咱　即　欲　趕　赡　着　火　　車囉。

lan zit bheh guaⁿ bh<u>u</u>e di<u>o</u>rh he/hue cia lo°。

我們快　要　趕　不　　上　火　　車了。

● 我　　無　　　　清　楚　呢！

ghua bh<u>o</u>r/bhōr cīng còr ne！

我　　不　　　　清　楚　呢！

● 我　　想　　　赡　　　按　呢　的。　（按　呢　　的）

ghua siūⁿ/siōⁿ bh<u>u</u>e/bh<u>e</u> ān nē/nī ē。　（an ne/ni e）

我　　想　　　不　會　　這　樣　的。

● 我　　即　陣/馬　着　愛　告辭囉。

ghua zit zūn/mà di<u>o</u>rh ài gòr sǐ lo°。

我　　現　在　　　必　須告別了。

● 可　能　即　欲　落　雨　啊/囉。

Kor lǐng zit bheh l<u>o</u>rh hō a°/lo°。

可　能　快　　　下　雨　了。

● 雨　落　佮　（誠　　　　/真/　足）　大。

hō l<u>o</u>rh gah（zi<u>a</u>ⁿ/ziāⁿ/zīn/ziok）dūa。

雨　下　得　很　　　　　　　　大。

56

● 咱 來　　去　　避 雨啦！

lan lāi/lāi kù/kì pià hō la°！ (lan lăi kuᵒ/kiᵒ pià hō la°)

讓我們　　　　避避雨吧！

● 好　啦，咱 趕 緊 走。

hòr la°，lan guaⁿ gin zàu。

好　吧，我們趕 快 跑。

● 今 仔 日　　　　真（誠　　／足）熱。　　（今仔日）

gīn a　lit/rit/ghit zīn (ziaⁿ/ziāⁿ/ziok) luah/ruah。(giāⁿ lit/rit/ghit)

今　天　　　真　　　　　　熱。　　（今 天）

● 我　真　正（誠　　／真／足）驚　的。

ghua zīn ziàⁿ(ziaⁿ/ziāⁿ/zīn/ziok) giaⁿ e/e°。

我　真　的　很　　　　　　驚慌。

● 我　嘛（抑）是。

ghua ma (iah) sī。

我　也　　是。

● 我　嘛（抑）認　　　　為是按呢。　　（按呢　　）

ghua ma (iah) līn/rīn/ghīn ui sī an ne/ni。　（ān nē/nī）

我　也　認　　　　為是這樣。　　（這樣　　）

● 啊，我 即 陣/馬 感 覺 較 好 一　寡 /絲 /點　啊！

āh，ghua zit zūn/mà gam gak kah hòr zit° guaᵒ/siᵒ/diamᵒ a°。

啊，我 現 在　感 到 好　一　些　　　　了！

● 假使 你 若（有）恰意。

ga su li/lì na(u) gà i。

如果 你　喜歡的話。

57

● 我　明　　白（知影）你的　意思。

ghua bh_ing bīk(zāi iaⁿ) li e/ē ì s_u。

我　明　　白　　　　你的　意思。

● 我　　毋是彼　個　意思。

ghua m̠ si̠ hit e/ē ì s_u。

我　　不是那　個　意思。

● 我　　　願　意為你　效　勞。

ghua ghu̠an ì u̠i li ha̠u lŏr。

我　　　願　　爲你　效　勞。

● 我　無　　　　聽　着　/見。

ghua bho̠r/bhōr tiaⁿ diorh°/giⁿ°。

我　沒有　　　聽　到。

● 我　無　　　明　白（清　楚）。　　（我　毋　知　影）。

ghua bho̠r/bhōr bh_ing bīk(cīng còr)。　　(ghua m̠ zāi iàⁿ)

我　不　　　明　白。

● 我　（誠　　　/真/ 足）佮意 它。

ghua (zia̠ⁿ/ziāⁿ/zīn/ziok) gà ì　i 。(gà i̠ i°。)

我　很　　　　　喜歡 它。

● 我　獪　　當　（通）等 啊。（我　獪　　　用　　　哩等　啊。）

ghua bhu̠e/bh_e dàng(tāng) dàn a°。 (ghua bhu̠e/bh_e īng/iōng li dàn a°。)

我　不　　　能　等 了。

● 上　　　好　囉。
siong/siang hòr lo°。
最　　　　　好不過了。

● 有夠　讚。（有　夠　勢）
u gàu zàn。　（u gàu ghău）
太棒　了。

● 真（誠　　　/足）害。
zīn(ziaⁿ /ziāⁿ/ziok) hāi
真　　　　　　　　糟糕。

● 你真（誠　　　/足）　聰　明　（巧）。
li zīn(ziaⁿ /ziāⁿ/ziok) cōng bhǐng(kiàu)。
你真　　　　　　　聰　明。

● 你真　（誠　　　/足）含　慢　/戇 / 呆。
li zīn (ziaⁿ /ziāⁿ/ziok) ham bhān/ghōng/dai。
你真　　　　　　　　笨。

● 你錯（毋　著)囉/啊。
li cor(m diorh)lo°/a°。
你錯　　　　了。

● 無　　　關　係。(無　　　　要緊。)
bhor/bhōr gūan hē。(bhor/bhōr iàu gìn。
沒　　關　係。

● 這是 我 的。
ze si ghua ě
這 是 我 的。

● 這是你的。
ze si li ě
這是你的。

● 這是伊的。
ze si ī ě
這是他的。

● 兩 分 鐘 前。
nng hūn zīng zǐng
兩 分 鐘 前。

● 我 拄 拄仔 到。
ghua du du a gau。
我 剛 剛 到。

● 彼 正 /着 是 我 想 欲 得 的。
he ziàⁿ/diorh si ghua siuⁿ/siōⁿ bheh/bhueh dih e°。
那 正 是 我 想 要 的。

● 我 會 通 知你的。
ghua e tōng di li°
我 會 通 知你的。

● 傷 慢 啊/囉。
siūⁿ/siōⁿ bhān a°/lo°。
太 遲 了。

● (誠 /真/ 足) 暗/晏 啊/囉。
(ziaⁿ/ziāⁿ/zīn/ziok) am/yan a°/lo°。
很 晚 了。

● 猶 早 咧！
iau zà lēh！
還 早 呢！

● 我　相 信 一 定 是 他。
ghua siōng sìn it dı̣ng sı̣ i/ī。
我　相 信 一 定 是 他。

● 它看 起 來 （誠　　　　/真/ 足）可 愛/古 錐。
ī kuaⁿ ki° lai° (ziạⁿ/ziāⁿ/zīn/ziok) kor ại/ go zui。
它看　　來 很　　　　　　　可 愛。

● 我　明　白（知影）你的 意思。
ghua bhı̣ng bīk(zāi iaⁿ) li ẹ/ē ì sụ。
我　明　白　　　你的 意思。

● 這(誠　　　　/真/ 足) 簡 單。
ze(ziạⁿ/ziāⁿ/zīn/ziok) gan dan。
這 很　　　　　　　　簡 單。

● 伊無　　　外 久會 轉 來 的。
ī bhọr/bhōr ghụa gù ẹ dǐng lai° e°。
他不　　　　久會 回 來 的。

● 我　（真 /誠　　　/足） 歡 喜熟 似你。 （共 你熟 似。）
ghua (zīn/ziạⁿ/ziāⁿ/ ziok) hūaⁿhi sīk sại lì 。 (gah li sīk sāi。)
我　真　　　　　　　高 興認 識你。

● 麻 煩 （魯 力）你 啊/囉，（ 十 分 /真 /足 ）感　　　謝。
mạ hŭan （lo lat）li° a°/ lo°，(zāp hūn/zīn /ziok) gam/dōr siā。
麻 煩　　　你了，　　　十 分　　　　　　感　　謝。

● 我　無　　　　佮意/愛　釣　魚。

ghua bho̱r/bhōr gà ì/ ài diòr hŭ/hĭ。

我　不　　　　喜歡　　釣　魚。

● 我　佮意即　種　　　色（色 水）。

ghua gà ì zīt ziong/zing sīk (sik zùi)。

我　喜歡這　種　　　　顏色。

● 我　佮意/愛　聽　音　樂。

ghua gà ì/ài tiāⁿ īm ghak

我　喜歡　聽　音　樂。

● 我　（真 /誠　　　　　/足）無　　　　　佮意/愛　即　種 /款　食
物。

ghua (zīn/ziāⁿ/ziāⁿ/ ziok) bho̱r/bhōr gà ì/ ài zīt ziong/kuan sīt/sīk
bhut。

我　很　　　　　　　不　　　　喜歡　　這　種　　　　食　物。

● 我　討厭這　種　/款　天氣。

ghua tor ià zit ziong/kuan tīⁿ ki̱。

我　討厭這　種　　　天氣。

● 多　謝，麻　煩　（魯 力）你 啊/囉。

dōr siā，ma̱ hŭan（lo lat）li° a°/ lo°

謝　謝，麻　煩　　　你　了。

● 歹　　勢，麻　煩　（魯 力）你 啊/囉。

pai/paiⁿ se̱，ma̱ hŭan (lo lat)　li° a°/ lo°

對不起，　　麻　煩　　　你　了。

稱　呼
cīng ho
稱　呼

- 你
  li
  你

- 我
  ghua
  我

- 伊
  ī
  他

- 先　生
  siān si^n/se^n
  先　生

- 太　太
  tài t̲ai
  太　太

- 小　姐
  sior zià
  小　姐

● 女 士
lu/li sū
女 士

● 師　傅
sū/sāi hū
師　傅

● 經　理
gīng lì
經　理

● 秘書
bì su/si
秘書

● 司機
sū gi
司機

● 服　務　員
hōk bhu ǔan
服　務　員

● 售/賣　　票　員
siu/bhue/bhe piòr ǔan
售　　　票員

● 工　人
gāng lǎng
工　人

● 商　人　　/生理人
siōng lǐn/rǐn /sīng li lǎng
商　人

● 農　　　民
long/lōng bhǐn
農　　　民

● 學　生
hāk sing
學　生

● 老　師
lau su
老　師

● 醫生
ī sing
醫生

● 軍　人
gūn lǐn/rǐn
軍　人

● 公　務　員
gōng bhu ǔan
公　務　員

● 警　察
gìng cāt
警　察

● 總　統
zong tòng
總　統

● 人　　　民
l<u>i</u>n /rīn/ghīn bh<u>ǐ</u>n
人　　　民

● 百　姓
bè s<u>i</u>ⁿ/s<u>e</u>ⁿ
百　姓

● 范　小　姐生　　做　　　足婿的喔！
h<u>u</u>an sior zià sīⁿ/sēⁿ zùe/zòr ziok sùi e° o°/ǒ !
范　小　姐長　　得　　　好漂亮喔！

● 康　師傅是即　間　餐　廳的　大　總　舖師 /大師 /刀 嫠師。
kng sū hū s<u>i</u> zit gīng cān tiaⁿ <u>e</u>/ē d<u>u</u>a zong pò sai/ d<u>u</u>a sai /dōr zi sai 。
康　師傅是這　間　餐　廳的　主　　　　　廚。

● 即位陳　先　生　　　是國　中　的　老師。
zit <u>u</u>i dǎn sian° s<u>i</u>ⁿ°/s<u>e</u>ⁿ° s<u>i</u> gok diong <u>e</u>/ē l<u>a</u>u su 。
這位陳　先　生　　　是國　中　的　老師。

● 我　細　　漢的　願 /向　望是會當做　　　醫生。
ghua sùe/sè h<u>a</u>n <u>e</u>/ē ghuan/nng bhāng s<u>i</u> e dàng zùe/zòr ī sing 。
我　小　時候的　願　　望是能當上　　　醫生。

66

● 逐 家 攏（真 /誠 　 / 足） 欣 羨 公 務 員 的 　 職 務 /頭
路。

dāk gē long(zīn /ziaⁿ/ziāⁿ /ziok)hīm siaㄥ gōng bhu̱ ŭan e̱/ē zit bhū/ta̱u
/tāu lō。

大 家 都 很 　 　 　 　 羨 慕 公 務 員 的 　 職 務。

● 軍 人 　 佇 前 　 　 　 　 　 　 線 保 家 衛 　 國 （保 衛
國 家）。

gūn lǐn/rǐn di̱ ziaㄥ /zāin(zi̱ng/zīng) su̱aⁿ bor ga ui̱/u̱e gōk (bor ui̱/u̱e
gok ga)。

軍 人 　 在 前 　 　 　 　 　 　 線 保 家 衛 　 國。

第 5 課

黨 派
dong pai
黨 派

19

● 國 民 黨
gok bhin/bhīn dòng
國 民 黨

● 民 進 黨
bhin/bhīn zìn dòng
民 進 黨

● 親 民 黨
cīn bhin/bhīn dòng
親 民 黨

● 新 黨
sīn dòng
新 黨

● 台 聯 黨
dai/dāi lian/līan dòng
台 聯 黨

● 建 國 黨
giàn gok dòng
建 國 黨

● 泛　藍
huan nǎ
泛　藍

● 泛　綠
huan lik
泛　綠

● 中　　間　選　民
diōng gān suan bhǐn
中　　間　選　民

● 當　　選
dòng sùan
當　　選

● 落　選
lōk sùan
落　選

● 黨　主席
dong zu sik/sit
黨　　主　席

● 市　長
ci diù^n/diò^n
市　長

● 縣　　　　　　長
guan/guai^n/gui^n diù^n/diò^n
縣　　　　　　長

● 立 委
līp ùi
立委

● 議 員
ghi ŭan
議 員

● 你有加 入　　　任　　　何　　政黨無？
li u gā līp/rīp/ghīp lin/rin/ghin hor/hōr zìng dòng bhor°/bhŏr？
你有加入　　　任　　　何　　政 黨 嗎？

● 有，我 加 入　　台 聯　　黨。
ū，ghua gā līp/rīp/ghīp dai/dāi lian/līan dòng
有，我 加 入　　台 聯　　黨。

● 無，　我 無　　黨 無　　派。
bhŏr，ghua bhor/bhōr dong bhor/bhōr pai。
沒有，我 無　　黨 無　　派。

● 我　是中 間的　選 民。
ghua si diōng gān e/ē suan bhĭn。
我　是中 間的　選 民。

● 我　是泛 藍的　選 民，支持 國 民　　黨。
ghua si huan nă e/ē suan bhĭn，zi ci/cī gok bhin/bhīn dòng。
我　是泛 藍的　選 民，支持 國 民　　黨。

● 我 是 泛 綠 的 選 民，支持 民 進 黨也/嘛 支 持 台 聯 黨。

ghua sī huan lik e/ē suan bhĭn，zī ci/cī bhīn/bhīn zìn dòng ia/ma zi ci/cī dai/dāi lian/līan dòng

我 是泛 綠的 選 民，支持 民 進 黨也 支 持 台 聯 黨。

● 我 支持 互 阮 過 好 日 子的 政 黨。

ghua zī ci/cī họ ghun/ghuan gè/gùe hor līt/rīt/ghīt zì e/ē zìng dòng。

我 支持 讓 我們 過 好 日 子的 政 黨。

● 政 治 足/誠 亂，逐 家 愛/着 理 性。

zìng dī ziok/zia^n/ziā^n lūan，dāk gē ài/diọrh li sịng。

政 治 好 亂，大 家 要 理 性。

● 逐 家為台 灣 加 油！

dāk gē ụi dại/dāi ŭan gā iǔ！

大 家爲台 灣加油！

● 希/向 望 未 來 會 閣 較 好。

hī/ ǹg bhạng bhị lăi e gorh kah hòr。

希 望 未 來 會 更 好。

第6課

數量
sò-liōng
數量

MP3
20

● 一
zit
一

● 二
nn̄g
二

● 三
saⁿ
三

● 四
sị
四

● 五
ghō
五

● 六
lak
六

- 七
  cīt
  七

- 八
  būeh/bēh
  八

- 九
  gàu
  九

- 十
  zap
  十

- 十 一
  zāp īt
  十 一

- 十 二
  zāp lī/rī/ghī
  十 二

- 十 三
  zāp sa^n
  十 三

- 十 四
  zāp si̱
  十 四

● 十　五
zāp ghō
十　五

● 十　六
zāp lak
十　六

● 十　七
zāp cīt
十　七

● 十　八
zāp būeh/bēh
十　八

● 十　九
zāp gàu
十　九

● 二　　十
li̠/ri̠/ghi̠ zap
二　　十

● 二　十一　　　（二　　一）
li̠/ri̠/ghi̠ zāp īt　　　（li̠/ri̠/ghi̠ īt）
二　　十一

● 二　十二　　　（二　　二）
li̠/ri̠/ghi̠ zāp lī/rī/ghī　　（li̠/ri̠/ghi̠ lī/rī/ghī）
二　　十二

- 二　十三　　（二　　三）
  lī/rī/ghī zāp saⁿ　　（lī /rī/ghī saⁿ）
  二　　十 三

- 二　十五　　（二　　五 ）
  lī/rī/ghī zāp ghō　（lī/rī/ghī ghō）
  二　　十 五

- 三 十
  sāⁿ zap
  三 十

- 三 十 一　　　（三 一 ）
  sāⁿ zāp īt　　（sāⁿ īt/sām īt）
  三 十 一

- 三 十 二　　　（三 二 ）
  sāⁿ zāp lī/rī/ghī　　（sāⁿ lī/rī/ghī　/sām lī/rī/ghī）
  三 十 二

- 三 十 三　　　（三 三 ）
  sāⁿ zāp saⁿ　　（sāⁿsaⁿ/ sām sam）
  三 十 三

- 四 十
  sì zap
  四 十

- 五 十
  ghō zap
  五 十

● 六 十
lāk zap
六 十

● 七 十
cit zap
七 十

● 八　　十
bùe/bè zap
八　　十

● 九 十
gau zap
九 十

● 一 百
zīt bāh
一 百

● 一 百 零 一
zīt bà kòng īt
一 百 零 一

● 百 一
bà īt
一百一十

● 二 百
nng bāh
二 百

- **三　百**

  sā^n bāh

  三　百

- **一　千**

  zīt cing

  一　千

- **一　萬**

  zī bhān

  一　萬

- **一 百　萬**

  zīt bà bhān

  一 百　萬

- **第 一**

  de̲ īt

  第 一

- **第 二**

  de̲ lī/rī/ghī

  第 二

- **第 三**

  de̲ sa^n

  第 三

- **第 四**

  de̲ si̲

  第 四

● 第 五
de ghō
第 五

● 第 六
de lak
第 六

● 第 七
de cīt
第 七

● 第 八
de būeh/bēh
第 八

● 第 九
de gàu
第 九

● 第 十
de zap
第 十

● 第 十 一
de zāp īt
第 十 一

● 第 十 二
de zāp lī/rī/ghī
第 十 二

● 第 十 三

de zāp sa^n

第 十 三

● 第 二 十

de li/ri/ghi zap

第 二 十

● 第 三 十

de sā^n zap

第 三 十

● 第 四 十

de sì zap

第 四 十

● 第 五 十

de gho zap

第 五 十

● 第 六 十

de lāk zap

第 六 十

● 第 七 十

de cit zap

第 七 十

● 第 八 十

de bùe/bè zap

第 八 十

● 第 九 十
de gau zap
第 九 十

● 第 一 百
de zīt bāh
第 一 百

● 幾 個
gui ě
幾 個

● 外 濟
ghua zūe/zē
多 少

● 大 批
dua pue/pe
大 批

● 真 濟
zīn zūe/zē
很 多

● 一 點 仔
zīt diam à
一 點 兒

● 無
bhǒr
無

● 你好， 歡 迎 光 臨。
li hòr，hūan ghi̱ng gōng lǐm。
你好， 歡 迎 光 臨。

● 我 欲 買 電腦。
ghua bheh bhueh/bheh di̱an nàu。
我 要 買 電腦。

● 即 台 電腦 外 濟 錢？
zit da̱i/dāi di̱an nàu ghu̱a zu̱e/ze zǐ^n？
這 台 電腦 多 少 錢？

● 即 台 一 萬 九 千 八 百 七 十 六 箍。
zit dǎi zīt bhān gau cing bùe/bè bà cit zāp lāk ko
這 台 一 萬 九 千 八 百 七 十 六 元。

● 另 外 彼 台 愛 外 濟 錢？
li̱ng ghu̱a hit dǎi ài ghu̱a zu̱e/ze zǐ^n？
另 外 那 台 要 多 少 錢？

● 彼 台 較 貴，愛 兩 萬 五 千 四 百 三 十 箍。
hit dǎi kah gu̱i，ài nn̄g bhān gho̱ cing sì bà sā^n zāp ko。
那 台 比 較 貴，要 兩 萬 五 千 四 百 三 十 元。

● 星　期　（禮拜）
sīng gǐ　（le bai）
星　期

● 禮　拜　日　　　　（禮拜）
le bài lit/rit/ghit　（le bai）
星　期　日

● 禮　拜　日　　　　（禮拜）
le bài lit/rit/ghit　（le bai）
星　期　天

● 禮　拜　一（拜　一）
le bài īt　（bài īt）
星　期　一

● 禮　拜　二　　　（拜　二　　　）
le bài lī/rī/ghī （bài lī/rī/ghī）
星　期二

● 禮　拜　三（拜　三）
le bài sa^n（bài sa^n）
星　期　三

- 禮 拜 四 （拜 四）
  le bài si̠ (bài si̠)
  星 期 四

- 禮 拜 五 （拜 五）
  le bài ghō (bài ghō)
  星 期 五

- 禮 拜 六 （拜 六）
  le bài lak (bài lak)
  星 期 六

- 月
  gheh/ghueh
  月

- 正 月
  zia^n gheh°/ghueh°
  正 月／一 月

- 二 月
  lī/rī/ghī gheh°/ghueh°
  二 月

- 三 月
  sa^n gheh°/ghueh°
  三 月

- 四 月
  si̠ gheh°/ghueh°
  四 月

● 五　月
　ghō gheh°/ghueh°
　五　月

● 六　月
　lak gheh°/ghueh°
　六　月

● 七　月
　cīt gheh°/ghueh°
　七　月

● 八　　月
　bueh gheh°/beh/ghueh°
　八　　月

● 九　　月
　gàu gheh°/ghueh°
　九　　月

● 十　　月
　zap gheh°/ghueh°
　十月

● 十　一　月
　zap it gheh°/ghueh°
　十　一　月

● 十　二　　　月
　zap lī/rī/ghī gheh°/ghueh°
　十　二　　　月

● 季 節
gùi ziāt
季 節

● 春 天
cūn ti^n
春 天

● 夏 天 /熱 天
h$\underline{a}$/h$\underline{e}$ ti^n / l$\underline{u}$ah/r$\underline{u}$ah ti^n
夏 天

● 秋 天
ciū ti^n
秋 天

● 冬 天/寒 天
dāng ti^n/gua^n ti^n
冬 天

● 二 零 一 三 年
l$\underline{i}$/r$\underline{i}$/gh$\underline{i}$ k$\underline{o}$ng it sām nǐ   (n$\underline{n}$g cing kòng zāp sā^n nǐ)
二 零 一 三 年

● 正 月 初 一日
ziā^n gh$\underline{e}$h/gh$\underline{u}\underline{e}$h cūe/cē it lit/rit/ghit
一 月 一日

● 日 子
l$\overline{i}$t/r$\overline{i}$t/gh$\overline{i}$t zì
日 子

● 今 仔日　　　（今 日）
gīn a lit/rit/ghit　　(giāⁿ lit/rit/ghit)
今　　天

● 昨 昏
zā hng/huiⁿ (zā ng)
昨 天

● 明仔再
mī a zai /bhīn a zai / mā a zai
明　天

● 昨 日
zorh lit°/rit°/ghit°
前 天

● 後 日
āu lit°/rit°/ghit°
後 天

● 每 / 逐 工 / 日
mui /dāk gang/ lit/rit/ghit
每　　　天

● 天　天 /逐 工 /逐 日
tiān tian/ dāk gang/ dāk lit/rit/ghit
天　天

● 即 禮 拜
zit le bai
本 星 期

● 頂　禮　拜
ding le bai
上　星　期

● 下/後　禮　拜
e / au le bai
下　　星　期

● 每　/逐　禮　拜
mui /dāk le bai
每　　　星　期

● 本　月　　　　　（即　個　　月）
bun gheh/ghueh　　(zit gòr gheh/ghueh)
本　月

● 頂　月　　　　（頂　月　　　　日　）　　　　　（頂　個
月)
ding gheh/ghueh　(ding gheh/ghueh lit/rit/ghit)　　(ding gòr
gheh/ghueh)
上　月

● 年
nǐ
年

● 今　年
gīn nǐ
今　年

● 學 年
hāk nǐ/liǎn
學 年

● 以 前　　　/早 前　　　/古 早
 i zǐng/ziǎn / za zǐng/ziǎn / go zà
從 前

● 啥(甚) 麼　　時　陣？　　（啥　時　陣？）
siaⁿ　meh/mih si̖/sī zūn？　（siaⁿ si̖/sī zūn？）
什　麼　　時　候？

● 今 仔日　　　是 拜 幾？　　（今　日　　　是 拜 幾？）
gīn a lit/rit/ghit si̖ bài gùi？　（giāⁿ lit/rit/ghit si̖ bài gùi？）
今　天　　　是 星期幾？

● 是 拜　一。
si̖ bài　īt。
是星期　一。

● 今 仔日　　　是幾　月　　　幾 日？
gīn a lit/rit/ghit si̖ gui ghe̖h/ghue̖h gui lit/rit/ghit？
今　天　　　是幾　月　　　幾 日？

● (今　日　　　是幾　月　　　幾 日？)
(giāⁿ lit/rit/ghit si̖ gui ghe̖h/ghue̖h gui lit/rit/ghit？)
(今　天　　　是幾　月　　　幾 日？)

● 是四 月　　　初　　五。
si̖ sì ghe̖h/ghue̖h cūe/cē ghō。
是四 月　　　　　五日。

● 我　是昨昏　　　　　　到台　　　北。

ghua si̱ zā hng/huiⁿ (zā ng) ga̱u da̱i/dāi bāk。

我　是昨天　　　　　　到達台　　　北。

● 啥（甚）麼　　時　陣離開呢？　　（啥　時　陣離開呢？）

siaⁿ　meh/mih si̱/sī zūn li̱ kui nē？　（siaⁿ si̱/sī zūn li̱ kui nē？）

什　　麼　　時　候　離開呢

● 過　　兩　三　工　/日　　　　　　着　離開。

ge/gue nng° saⁿ° gang°/ lit°/rit°/ghit° dio̱rh li̱ kui。(gè/gùe nng sāⁿ gang dio̱rh li̱ kui。)

過　　兩　三　天　　　　　　　　　　就　離開。

● 拍/按算加　蹛兩　三　禮　拜。（拍/按算加　蹛兩　三　個禮　拜。

pà/àn sǹg gē du̱a nng° saⁿ°le° bai°　（pà/àn sng gē dùa nng sāⁿ e̱/ē le ba̱i。)

打　　算多　住兩　三個星　期。

● 我　拍/按算佇台　　北加蹛　幾　工　/日。

ghua pà/àn sǹg di̱ da̱i/dāi bāk gē du̱a gui° gang°/ lit°/rit°/ghit°

我　打　　算在台　　北多住　幾　天。

● 我　即幾個　月　　　　以來一直蹛佇台　　灣。

ghua zit gui gòr gheh/ghueh i lǎi it dīt dùa di̱ da̱i/dāi ǔan。

我　這幾個　月　　　　以來一直住在台　　灣。

● 明仔再　　　　　　　　會　當/使見你膾？

mī a za̱i /bhīn a za̱i / mā a za̱i e̱/ē dàng/sai giⁿ li° bhue°/bhe°？

明　天　　　　　　　　可以　　　見你嗎？

89

● 明仔再　　　　　　　　會　當／使 見你 嬒　？

mī a za̱i /bhīn a za̱i / mā a za̱i e̱/ē dàng/sai gìⁿ lì bhūe/bhē ?

明　天　　　　　　　　可　以　　見你 嗎？

● 會 當／使／用　　的，　請　隨　時　　　　敲 電 話 來 互 我。

e̱ da̱ng/sài/īng/iōng ē/e° , ciaⁿ su̱i si̱/sı̌ /sūi sī kà di̱a̱n ūe la̱i hō

ghua°/lāi ho̱ ghùa。

可　以，　　　　　　　　　請　隨　時　　　　打 電 話 來 給 我。

時　　間
si /sī gan
時　間

● 頂　晡
ding bo
上　午

● 勢　　　早
ghau/ghāu zà
早　　　安

● 早　　起六　點
za/zai kì lāk dìam
早　　上六　點

● 早　　起七　點
za/zai kì cit dìam
早　　上七　點

● 早　　起八　　　點
za/zai kì bùe/bè dìam
早　　上八　　　點

● 早　　起九　點
za/zai kì gau dìam
早　　上九　點

● 早　　起十　點
za/zai kì zāp dìam
早　　上十　點

● 早　　起十一　　點
za/zai kì zāp it　dìam
早　　上十一　　點

● 中　　晝
diong dau
中　　午

● 中　　晝十二　　　　點
diong dau zāp lī/rī/ghī dìam
中　　午十二　　　　點

● 下　晡
e　bo
下　午

● 午　安
ngo an
午　安

● 下　晡一　點
e　bo zīt dìam
下　午一　點

● 下　晡兩　點
e　bo nng dìam
下　午兩　點

● 下 晡 三 點
e̲ bo sāⁿ diàm
下 午 三 點

● 下 晡 四 點
e̲ bo sì diàm
下 午 四 點

● 下 晡 五 點
e̲ bo gho̲ diàm
下 午 五 點

● 下 晡 六 點
e̲ bo lāk diàm
下 午 六 點

● 暗 時
àm sǐ
晚 上

● 暗 安
àm an
晚 安

● 暗 時 七 點
àm sǐ cit dìam
晚 上 七 點

● 暗 時 八 點
àm sǐ bùe/bè dìam
晚 上 八 點

● 暗 時 九 點
àm sǐ gau dìam
晚 上 九 點

● 暗 時 十 點
àm sǐ zāp dìam
晚 上 十 點

● 暗 時 十 一 點
àm sǐ zāp it dìam
晚 上 十 一 點

● 半 暝
bùa^n mǐ/mě
午 夜

● 半 暝 十二 點
bùa^n mǐ/mě zāp lī/rī/ghī dìam
午 夜 十 二 點

● 透 早 一 點
tàu zà zīt dìam
凌 晨 一 點

● 透 早 兩 點
tàu zà nng dìam
凌 晨 兩 點

● 透 早 三 點
tàu zà sā^n dìam
凌 晨 三 點

● 透　早四　點
tàu zà sì diàm
凌　晨四　點

● 透　早五　點
tàu zà gho̱ diàm
凌　晨五　點

● 一　秒
zīt bhiòr
一　秒

● 三　十　秒
sā^n zāp bhiòr
三　十　秒

● 一　分
zīt hun
一　分

● 兩　分
nn̠g hun
兩　分

● 十　五　分
zāp gho̱ hun
十　五　分

● 三　十　分
sā^n zāp hun
三　十　分

● 一　點　鐘
zīt diam zing
一個鐘　頭

● 兩　點　鐘
nng diam zing
兩個 鐘　頭

● 幾　點　啊？
gui diàm a°？
幾　點　了？

● 三　點　　　零 五 分
sā^n diàm/diam kòng gh$\underline{o}$ hun
三　點　　　　　五 分

● 三　點　二　　十 分
sā^n diàm/ diam l$\underline{i}$/r$\underline{i}$/gh$\underline{i}$ zāp hun
三　點　　　二　　十 分

● 四 點　　十 五 分
sì diàm/diam zāp gh$\underline{o}$ hun
四 點　　　十 五 分

● 五　點　三 十 分
gh$\underline{o}$ diàm/diam sā^n zāp hun
五　點　　　三 十 分

● 五　點 半
gh$\underline{o}$ diam b$\underline{ua}^n$
五　點 半

● 六 點　　三 十 五 分
lāk diàm/diam sāⁿ zāp gho̱ hun
六 點　　三 十 五 分

● 七 點　　四 十 五 分
cit diàm/diam sì zāp gho̱ hun
七 點　　四 十 五 分

● 八　　點　　五 十 五 分
bùe/bè diàm/diam gho̱ zāp gho̱ hun
八　　點　　五 十 五 分

● 差 /閣 五 分 九 點
cā/gorh gho̱ hun gau dìam
差　　五 分 九 點

● 早　　起/下 早仔 /下早　　時
za/zai kì /ē zai à / ē za/zai sǐ
今天早晨

● 下昏 /　　下暗
ē hng/huiⁿ / ē a̱m
今天晚上

● 今　　暝
gīm mǐ/mě
今天夜裏

● 即 馬 /即 陣
zit mà /zit zūn
現 在

● 着
diōrh/dōrh
就

● 隨　時/ 即 時/即 刻 /即 滿 /連 鞭
su̱i/sūi sǐ /zik sǐ/zik kīk/ zit mùa/liām mi/biⁿ
立　刻

● 一 目 爾仔 着
zīt bāk ni à diōrh/dōrh
一 會兒 就

● 無　　　　外 /若久
bho̱r/bhōr ghu̱a/lu̱a gù
不　　　　　　　久

● 早
zà
早

● 暗
a̱m
晚

● 時　常 /定 定 /不 時
si̱ /sī siǒng/diaⁿ diaⁿ /but sǐ
常　常

● 時　常 /定 定 /不 時
si̱ /sī siǒng/diaⁿ diaⁿ /but sǐ
時　常

● 有當 時/有時　陣
u dāng sǐ /u si /sī zūn
有　　時

● 總　是
zong sī/zòng si°
總　是

● 自頭　　至尾　　/一直
zu tau/tǎu zì bhè/bhùe/it dit
始　　　　　終

● 永遠
ing ùan
永遠

● 手錶 /手錶仔
ciu biòr/ ciu bior a°
手錶

● 時　鐘
si /sī zing
時　鐘

● 長針
dng ziam
時針

● 短針
de ziam
分針

● 秒　　針
bhior ziam
秒　　針

● 即 馬 /即 陣 幾 點 啊？
zit mà /zit zūn gui diàm a°？
現 在　　　　幾 點 鐘？

● 拄 好 五 點。
du hor gho diàm
正 好 五 點。

● 三　點 過　　十 分啊 /囉。
sān diàm gè/gùe zāp hun a°/lo°
三　點 過了　十 分。

● 下 晡 三 點　　四 十 分。
e bo sān diàm/diam sì zāp hun
下 午 三 點　　四 十 分。

● 我 的 時　鐘 較 慢 啊。
ghua e/ē si /sī zing kah bhān a°。
我 的 時　鐘　　慢 了。

● 啥(甚)麼　　時 陣/佇 當 時共你叫 精 神 /醒　　較 好
呢 ？
siaⁿ meh/mih si zūn/ di dāng sǐ ga li giòr zīng sǐn /cìⁿ/cèⁿ kah hòr
neh°？
什　麼　　時 候　　　　　叫 醒你　　　好 呢？

● 我　欲　　　佇七點半食早　頓。

ghua bheh/ bhueh d̲i cit diam b̲uaⁿ zi̲ah za/zai dn̲g。

我　要　　　在七點半吃早　飯。

● 坐火　　車到桃　　園愛/着外　濟　時　間？

ze he /hue cia gàu t̲or/tōr hn̆g ài/di̲orh gh̲ua z̲ue/ze s̲i /sī gan？

坐火　　車到桃　園要　　多少　時　間？

● 差不　多愛/着　四十　分。

c̲a būt dōr ài/di̲orh sì zāp hun

差不　多要　　四十　分。

● 你　欲　　　坐的　火　　車八　　點　　　十　五　分離開
台　　北。

li bheh/ bhueh zē e̲/ē he /hue cia b̲ue/bè di̲àm/diam zāp gh̲o hun l̲i kūi
d̲ai/dāi bāk。

你　要　　　坐的　火　　車八　　點　　　十　五　分離開
台　　北。

天 氣
tīⁿ ki̠
天 氣

● 晴 /好 天 /出 日 頭
zǐng/hor tiⁿ/cut līt/rīt/ghīt tǎu
晴

● 陰/烏陰/烏陰天
im/ō im/ ō īm tiⁿ
陰

● 風 透 /大
hong ta̠u/dūa
風 大

● 落 雨 天
lo̠rh ho̠ tiⁿ
下 雨 天

● 雲
hǔn
雲

● 風
hong
風

● 雨
hō
雨

● 陣 雨
zun hō
陣 雨

● 暴 風雨
bōk hōng ù/ hō
暴 風雨

● 風 颱天
hōng tāi ti^n
颱 風天

● 龍 捲 風 / 捲 螺仔 風
ling /liōng gng hong/gng lē a hong
龍 捲 風

● 陳 /摃 /敲 雷
dan/dān /gòng/kà lŭi
打 雷

● 落 雪
lorh sēh
下 雪

● 起/罩 霧 /茫
ki/dà bhū/bhŏng
起 霧

- 秋　　清
  ciū/ciō cīn
  涼　　快

- 冷　/寒
  lìng/hǎn/gǔaⁿ
  冷

- 溫 暖 /燒　熱
  ūn lùan/siōr lōr
  溫 暖

- 熱
  luah/ruah
  熱

- 熻　熱
  hip luah/ruah
  悶　熱

- 溫度
  ūn dō
  溫度

- 氣溫 …度
  kì un … dō
  氣溫 …度

● 今 仔日　　　　天 氣按　　怎？　　（今 日　　　　天 氣按 怎？）

gīn a lit/rit/ghit tīⁿ ki̱ an/àn zùaⁿ？　　(giāⁿ lit/rit/ghit tīⁿ ki̱ an/àn zùaⁿ？)

今　　天　　　　天 氣怎　麼樣？

● 今 仔日　　　　天 氣 真/誠　　好。(今 日　　　　天 氣 真/誠　　好。)

gīn a lit/rit/ghit tīⁿ ki̱ zīn/ziaⁿ/ziāⁿ hòr。(giāⁿ lit/rit/ghit tīⁿ ki̱ zīn/ziaⁿ/ziāⁿ hòr。)

今　　天　　　　天 氣很　　　好。

● 你想　　會落雨 嬒 ？　　/你想　　　敢會落 雨？

li siūⁿ/siōⁿ e̱ lo̱rh hō bhue/bhue°？/ li siūⁿ/siōⁿ gam e̱ lo̱rh hō？

你想　　會下雨 嗎？

● 看 起 來 簡 若 欲　　　　落 雨啊的 款。

ku̱aⁿ ki° lai° gan na bheh /bhueh lo̱rh hō ā e̱ kùan。

看 樣 子 好 像 要　　　下 雨了。

● 欲　　　　起/透 風 啊。

bheh /bhueh ki/tàu hong a°。

風　　　要大　　了。

● 一 目 爾仔 /連 鞭　　着　　　欲　　　落 雨啊。

zīt bāk ni à / liām mi/biⁿ dio̱rh/do̱rh bheh /bhueh lo̱rh hō a°

一 會 兒　　　　　就　　要　　　下 雨了。

● 蹛 佇 /踮 基　　隆 的 時 陣，天 氣一 直 無　　　　/毋 好。

dùa di̱ /diam gūe/gē lăng e̱/ē si̱/sī zūn，tīⁿ ki̱ it dīt bho̱r/bhōr/m̱/hòr。

住 在　　　基　　隆 的 時 候，天 氣一 直 不　　　　　　好。

105

● 即 幾 工 / 日　　　連　　相　續是好 天氣。
zit gui gang/ lit/rit/ghit lian/liān siōr sūah si hor tīⁿ ki。
這 幾 天　　　　　接　　連 著是好 天氣。

● 我 希 /向 望　 嬡落 雨。
ghua hī /ǹg bhang mài lorh hō。
我 希　　望　不要 下 雨。

● 明仔 再　　　　　　　的 氣 象 預 報 是按　 怎　 報
的？
mī a zai /bhīn a zai / mā a zai e/ē kì siong u/i bor si an/àn zuaⁿbor
e°？
明 天　　　　　　的 天 氣 預 報　怎　 麼　 說？

● 氣 象　 台/所 講　明仔 再　　　　　　　　是烏陰 天。
kì siong dǎi/sò gong mī a zai /bhīn a zai / mā a zai si ō īm tiⁿ。
氣 象　 台　 說 明 天　　　　　　　　是 陰 天。

● 明仔 再　　　　　　　　的　氣 溫是幾 度？
mī a zai /bhīn a zai / mā a zai e/ē kì un si gui dō？
明 天　　　　　　氣 溫　多少度？

● 中　 央 氣 象　 局　講，　溫度 會升 到三　 十 七 度啊。
diōng iong kì siong giok gòng，ūn dō e sīng gàu sāⁿ zāp cit dō a°。
中　 央 氣 象　 局 說，　溫度 要升 到三　 十 七 度了。

● 即　擺的寒 流會擋　　外 久？
zit bài e han liǔ e dòng ghua gù？
這一次的 寒 流會持續　多 久？

106

● 會 影 響 台　　灣 四至 五 工／日　　　　左　右。

e　ing hiong dại/dāi ŭan sị zi ghọ gang/ lit/rit/ghit zor iū。

會 影 響 台　　灣 四至 五 天　　　　　左　右。

語　　言
ghu/ghi ghiăn
語　　言

● 字
lī/rī/ghī
字

● 發　音
huat im
發　音

● 口　音/腔　　　口
kau im/kiūⁿ/kiōⁿ kàu
口　音

● 聽
tiaⁿ
聽

● 講
gòng
說

● 唸
liām
唸

● 讀
tak
讀

● 寫
sià
寫

● 國 /華　　語
gok/h_ua/hūa ghù/ghì
國　　　　語

● 台　　語
d_ai/dāi ghù/ghì
台　　語

● 客 家 語　　/話　　（客　人　仔話）
kè gā ghù/ghì /ūe　　(kè lāng a ūe)
客 家 語

● 山　地 話/ 原　　　住 民 話
sua^n d_e ūe /gh_uan/ghūan z_u bh_ing ūe
山　地 語

● 英　語
īng ghù/ghì
英　語

● 日　　語
līt/rīt ghù/ghì
日　　語

109

● 韓　　語
han/hān ghù/ghì
韓　　語

● 法　語
huat ghù/ghì
法　語

● 德　語
dik ghù/ghì
德　語

● 西 班 牙　　語　　/話
sē bān gha /ghā ghù/ghì/ūe
西 班 牙　　語

● 廣　東 話
gng dāng ūe
廣　東 話

● 上　　　海 話
siong/siang hai ūe
上　　　海 話

● 你 會 曉 講 台　語　　無　/獪？
li e hiau gong dai/dāi ghù/ghì bhor°/bhūe/bhē？
你 會 講 台 語　　嗎?

● 我　會 曉 講　一　點 仔 台　　語。
ghua e hiau gong zīt diam a dai/dāi ghù/ghì。
我 會　講　一 點 台　語。

110

● 我 獪 曉 講 台 語 。
ghua bhue/bhe hiau gong dai/dāi ghù/ghì
我 不 會 講 台 語。

● 即個 /這台 語 叫做 啥 /甚 麼/物?
zit e/ĕ /ze dai/dāi ghù/ghì giòr zùe/zòr siaⁿ/saⁿ mēh/mīh ?
這個 台 語 叫 什 麼?

● 我 聽 無 你講 的話 。
ghua tiāⁿ bhor/bhōr li gòng e ūe 。
我 聽 不懂 你 說 的話。

● 請 你 講 較 慢 一 點 仔 。
ciaⁿ li gong kah bhān zit° diam° a° 。
請 你 說 慢 一 點 兒。

● 請 閣 講 一 遍 /擺 。
ciaⁿgorh gòng zit° bian°/bai° 。
請 再 說 一 遍。

111

問　　　安/好
bh<u>u</u>n/m<u>n</u>g an/hòr
問　　　候

● 你好。
li hòr
你好。

● 你 嫪 / 賢 早！
li gh<u>a</u>u/ghāu zà
你　　　　　早！

● 早 安/ 嫪 / 賢 早！。
za an/ gh<u>a</u>u/ghāu zà
早 安。

● 午　安/你 好。
ngo an/ li hòr。
午　安。

● 晚　　/暗安。
bhuan/àm an。
晚　　　安。

● 再 見　　/會。
zài gi<u>a</u>n/giⁿ/hūe。
再 見。

112

● 明　天　再　會。/　明仔再　　　　　　　　　　　再　會。
bhin tian zài hūe。/ mī a zai /bhīn a zai / mā a zai zài hūe。
明　天　見。

● 我　　欲　　　告　辭啊。
ghua bheh /bhueh gòr si a 。
我　　要　　　　告　辭了。

● 請　你多多　保　重。
ciaⁿ li dōr dor bor diōng。
請　你多多　保　重。

● 你好　無？
li hòr bhor°/bhōr /bhǒr？
你好　嗎？

● 真　好，多　謝。
zīn hòr，dōr siā。
很　好，多　謝。

● 真 /誠　　　/足 歡 喜又閣 見/看　着　你啊。
zīn/ziaⁿ/ziāⁿ/ziok hūaⁿ hì iū gorh gìⁿ/kùaⁿ diorh lì a°。
很　　　　　　高 興又　見　　　　到　你了。

● 我　真 /誠　　　/足久　無　　　見/　看　着　你啊。
ghua zīn/ziaⁿ/ziāⁿ/ziok gù bhor/bhōr gìⁿ/kùaⁿ diorh lì a°。
我　很　　　　　　久 沒有　　見　　　到　你了。

● 請　替　　我　　　共您父 母 問　　　安/ 請安 / 問　好。
ciaⁿ tùe/tè ghua/ghùa ga lin be bhù bhun/mng an /cing an/ mng hòr。
請　替　　我　　　　　　　問候您父母。

說　　謝佮道歉
sè/sùe siā gah dor kiam
道　　謝和道歉

26

● 感　謝。
gam-siā
感　謝。

● 多　謝。
dōr- siā
多　謝。

● 非　常　感　謝。　　（誠　　　/真/ 足）感　謝。
hūi siong gam-siā。　　(zia^n/ziā^n/zīn/ziok) gam-siā。
非　常　感　謝。

● 毋免　客　氣。
m̲ bhian kè ki̲
不 必　客 氣。

● 感　謝你的　一番　好意。　（感　謝你一　番　的　好意。）
gam-sia̲ li e̲/ē zīt huan hor i̲。　(gam-sia̲ li zīt huan e̲/ē hor i̲。)
感　謝你的　一　番　好意。

● 你傷　　　客氣啊，　毋通　按呢　　講。
li siū^n/siō^n kè ki̲ a°　，m̲ tāng ān nē/nī gòng。(m̲ tāng an ne/ni gòng。)
你太　　　客氣了，　別　　這麼　說。

114

● 會當 共你 鬥相　共，我　（誠　　/真/ 足）歡 喜。
e dàng ga li dàu sāⁿ/siōr gāng ghua (zīn/ziaⁿ/ziāⁿ/ ziok) hūaⁿ hì。
能　幫上你的　忙，我　很　　高 興。

● 失 禮（歹　　勢）。
sit-lè (pai/paiⁿ-se)。
對不起。

● 彼無　　啥 物。　　（彼無　　啥 貨　）。
he bho̱r/bhōr siaⁿ mēh/mīh。 (he bho̱r/bhōr siaⁿ he̱/hu̱e)。
那沒　什 麼。

● 請 原 諒 我。
ciaⁿ ghuan liōng ghūa/ghua°。（ciaⁿ ghūan lio̱ng ghùa。）
請 原 諒 我。

● 彼無　　算 啥。
he bho̱r/bhōr sǹg siàⁿ/saⁿ°。
那不　　算 什麼。

● 毋 免 客 氣。
m̱ bhian kè ḵi
不 用 客 氣。

● 無　　關 係。（無　　要 緊。）
bho̱r/bhōr gūan hē。(bho̱r/bhōr iàu gìn。)
沒 有　關 係。

約會（1）
iok hue
約會（1）

MP3

27 ● 請　問是王　　小　姐是毋？
ciaⁿ mng si ong/ōng sior zià sī-m°？
請　問是王　　小　姐嗎？

● 我　是，請　問你是叨一位？
ghua sī，ciaⁿ mng li si dor zīt ūi？
我　是，請　問你是哪　位？

● 我　是林　太太。
ghua si lim/līm tài tai。
我　是林　太太。

● 我　有代誌欲　　　揣　妳。
ghua u dai zi bheh/bhueh cē/cūe li°/ ce/cue lì。
我　有事　要　　找　妳。

● 你啥(甚)麼　　時　陣有閑？
li siaⁿ　meh/mih si/sī zūn u ǐng？
你什　麼　　時　候有空？

● 明仔再　　　　　　咱　會當/使/用　　得見面
無　/獪？
mī a zai /bhīn a zai / mā a zai lan　e dàng/sai / īng/iōng dit gìⁿ bhīn
bhor°/bhūe/bhē？
明　天　　　　　　我們可以　　　　　見　面嗎？

● 明仔下晡會當 /使 /用 　　得 去你的辦 公 室 繪 ？
mī a e bo e dàng/sai/ īng/iōng dit ki° li e ban gōng sīk bhūe/bhē ？
明天下午 可 以 　　　　　　　到 你的辦 公 室 去嗎?

● 會 當 /會使 的 /會用的 /會用 　得
e dang/ e sài e° /e īng e°/e iōng dīt。
可 以。

● 我 　最 近，(真 /誠 　　 /足) 無 　　 閑，可 能 / 還 勢
繪 　　用 的 喔！
ghua zùe gūn/gīn(zīn/ziaⁿ/ziāⁿ/ ziok)bhor/bhōr ǐng，kor lǐng/ huan sè
bhue/bhe īng e° o°/ǒ！
我 最 近 很 　忙， 可 能 不 行 喔！

● 咱 明 仔下晡五 點 約佇/踮 台 　 北 車站/頭 好毋 /
好 無 ？
lan 　mī a e bo gho diàm iok di/diàm dai/dāi bak ciā zām/tǎu hòr-m°/
hòr-bhor°？
我們明 天下午 五 點 約在 　 台 　北 車站 　好嗎？

● 好， 我 啥 麼 　 時 陣 攏會當 /會使的 /會用 的/會用
得。
hòr，ghua siaⁿ meh/mih si/sī zūn long e dang/ e sài e° /e īng e°/e iōng
dīt。
好， 我 什 麼 　 時 候 都 可以。

● 傷 　　 暗/晏 啊，會當 /會使 /會用的 /會用得 約較 早 一
點 仔繪 ？
siūⁿ/siōⁿ am/uaⁿ a°，e dàng/ e sai /e īng e°/e iōng dīt iok kah zà zīt°
diam° a°/bhue°/bhe°？
太 　晚 了,可 以 約 早 一 點 嗎？

117

● 抑　　若下晡兩點呢？

ah /iah n<u>a</u> <u>e</u> bo nng diàm neh°/nē？

那　　　下午兩點呢？

● 失禮 /歹　　勢，下晡我　無　　　閑。

sit lè /pai/paiⁿ-s<u>e</u>，<u>e</u> bo ghua bh<u>o</u>r/bhōr ǐng。

對不起，　　　下午我沒　　　空。

● 十五彼工 /日　　　我　無　　　方便。

zāp ghō hit gong/ lit/rit/ghit ghua bh<u>o</u>r/bhōr hōng biān。

十五日那天　　　我不　　　方便。

● 咱　改日　　　按怎？

làn/lan gai lit/rit/ghit àn zùaⁿ？

我們改天　　　怎麼樣？

● 拜五上　　　方便。

bài ghō si<u>o</u>ng/si<u>a</u>ng hōng biān。

星期五最　　　方便。

● 毋通遲到 /傷　　慢 /晏到！　（瘝遲到 /
傷　　慢 /晏到！）

<u>m</u> tāng di/dī d<u>o</u>r/ siūⁿ/siōⁿ bh<u>a</u>n/ùaⁿg<u>a</u>u！　（mài di/dī d<u>o</u>r/
siūⁿ/siōⁿ bh<u>a</u>n/ùaⁿg<u>a</u>u！）

不要遲到了。

● 假使我　慢 /晏到，也　　 /嘛請你等我。

ga su ghua bh<u>a</u>n/ùaⁿg<u>a</u>u，<u>a</u>h/i<u>a</u>h /m<u>a</u> ciaⁿ li dàn ghua°/dan ghùa。

如果我晚　　　到了，也　　　請你等我。

118

● 失 禮 /歹　　勢，互 你 等 傷　　久 啊 /囉。
sit lè /pai/paiⁿ-sè，hȯ li dan siūⁿ/siōⁿgù aᵒ/loᵒ。
抱 歉　　　　 讓 你 久 等　　　　了。

約會（2）
iok hūe
約會（2）

MP3 28

● 第 一擺 /頭　　一 擺見 /看　着 你，着　　　（真 /誠　　 /
　足）恰意你。

de it bài/tau/tāu zīt bài gìⁿ/kùaⁿ diorh lì，dorh/diorh (zīn/ziaⁿ/ziāⁿ/
ziok) gà ì lì。(gà-i li°)

第 一次　　　　　見　　　到 你，就　很　喜歡你。

● 明仔暗　　　　　　　　有 閑 無？

mī a am/ bhīn a am /mā a am u ǐng bhor°/bhōr/bhǒr？

明天晚上　　　　　　　有空嗎？

● 我　會 當 /會使/會用 的/會用　得 恰 你 約會　獪？

ghua e dàng/ e sai /e īng e°/e iōng dīt gah li iok hūe bhue°/bhe°？

我　可以　　　　　　　　　和你約會 嗎？

● 我　請 你啉 咖啡。

ghua ciaⁿ li līm gā bi。

我　請 你喝 咖啡。

● 也/抑 是鬥 陣/ 做　　伙 去 看 電 影。

ah/iah si dàu dīn/ zùe/zòr hue kì kùaⁿdian iàⁿ。

還　是一　起　　　　去看電影。

● 我　考 慮 看 咧。

ghua kor lu kuaⁿ leh°。

我　考 慮 看 看。

120

● 禮 拜 較 方 便。
le bai kah hōng biān。
星期日比較方 便。

● 彼 實 在 是 足 好 的 啦。
he sīt zāi si ziok hòr e° la°。
那 真 是 太 好 了。

● 我 去 接 你。
ghua kì ziāp li°。(ghùa ki° ziap lì。)
我 去 接 你。

● 多 謝你，互 我 即個機 會。
dōr siā li°，ho ghua zit ē gī hūe。
謝 謝你，給 我 這個機 會。

● 我 會好 好 仔表 現。
ghua e hor hor a biau hiān。
我 會 好 好 表 現的。

● 不 見 不 散。
but gian but san
不 見 不 散。

訪 問
hong mng/bhūn
訪 問

29

● 有閑 請 來　　阮 兜 迌 迌。
u ǐng cia lāi/lāi ghun dau cit tǒr。
有空 請 來　　我 家 玩。

● 多 謝你，　我 一 定 會去的
dōr siā li°，ghua it ding e ki e°。
謝 謝你，　我 一 定 會去的。

● 下/後禮 拜 六 你 願 意來　　看 阮 無？
e/ au le bài lak li ghuan ì lāi/lāi kuaⁿ ghun bhor°/bhōr？
下　星期六 你 願 意來　　看 我們 嗎？

● 好 啊！多 謝你。
hòr a°！dōr siā li°/ dōr sia lì。
好 啊！謝 謝你。

● 我 期 待彼一 工 緊 來/ 到。
ghua gi/gī tāi hit zīt gang gin lǎi/gau。
我 期 盼那一 天 的 來 臨。

● 失禮 /歹　　勢，拜 六 我 無　　　　閑。
sit lè /pai/paiⁿ-se，bài lak ghua bhor/bhōr ǐng。
抱 歉。　　　　星期六 我 沒　　　　空。

● 歡　迎　　　光　臨。

hūan ghing/ghīng gōng lǐm。

歡　迎　　　光　臨。

● 請　入　來。

ciaⁿ lip lai°

請　進　來。

● 請　按　這　爿　行。

ciaⁿ àn zit bǐng giǎⁿ。

請　從　這　邊　　走。

● 我　來　替　　你提　外　套。

ghua lai/lāi tùe/tè li te/tē ghua tor。

我　來　替　　你拿　外　套。

● 請　毋　通　拘　束。　　（請　燩　拘　束。）

ciaⁿ m̠ tāng kū sōk。　　（ciaⁿmài kū sōk。）

請　不　要　拘　束。

● 請　食　一　　點　仔物　　　件。

ciaⁿziạh zīt diam a mng/mịh giǎⁿ

請　吃　　點　東　　　西。

● 儘　量　食　猶有(真 /誠　　　/ 足)濟　　的　呢！

zịn liọng ziah iau u (zīn/ziạⁿ/ziāⁿ/ ziok) zūe/zē e° neh°！

儘　量　吃　還有　很　　　　　　多　　　　呢！

● 恁　兜 (真 /誠　　　/ 足) 婿 喔！

lin dau (zīn/ziạⁿ/ziāⁿ/ ziok)sùi oh°！

你們家　好　　　　　　　　漂亮喔！

● 即 馬 /陣 我 著　　　愛 來 走 啊/囉！
zit mà/zūn ghua do̱rh/dio̱rh ài lăi zàu a°/lo°。
現 在　　我 得　　　　　　走 了。

● 多 謝你的光 臨。
dōr si̱a li e̱ gōng lǐm。
謝 謝你的光 臨。

● 多 謝你。　　　　我 耍 佮 /迫 迌 佮（真 /誠　　　/足）
愉　 快 /歡 喜。
dōr si̱a li°/ dōr si̱a lì。ghua sng gah/cit to̱r gah(zīn/zia̱ⁿ/ziāⁿ/ziok)
lu̱/rū ku̱ai/hūa hì。
謝 謝你。　　　　我 玩 得　　　　　　很
愉　 快。

● 多 謝你熱　　 誠 / 情的招 待。
dōr si̱a li liāt/riāt sǐng/zǐng e̱ ziāu tāi/dāi。
謝 謝你熱　　 忱　　 的招 待。

● 者　 閣 來。
ziah gorh lăi。
請 再 來。

紹 介
siāu gai
介 紹

● 張　　　先　生，　　　我　共你紹介，　即　位是王　　　小
姐。
*diuⁿ/dioⁿ sian° siⁿ°/seⁿ°, ghua ga li siāu gai ，zit ūi si ong/ōng sior
zià。*

張　　　先　生，　　　我　給你介紹，　這　位是王　　　小姐。

● 王　　　小　姐，即位是張　　　先　生。
ong/ōng sior zià，zit ūi si diuⁿ/dioⁿ sian° siⁿ°/seⁿ°。

王　　　小　姐，這位是張　　　先　生。

● 張　　　先　生　　佇/踮 電　子　公　司上　班。
diuⁿ/dioⁿ sian° siⁿ°/seⁿ°di /diàm dian zu gōng si siong ban。

張　　　先　生　　　在　　　電　子　公　司上　班。

● 我　來　自我　紹介。　我　　姓　　林。
ghua lai/lāi zu ngò siāu gai。ghua/ghùa siⁿ/seⁿ lǐm。

讓我　　　自我　介紹。　我　　姓　　林。

● 這是我的　名　　　　　片。
ze si ghua e/ē bhing/bhīng/mia /miā piⁿ。

這是我的　名　　　　　片。

● 這是我　的　電　話號　碼。
ze si ghua e/ē dian ue hor bhè /mà。

這是我　的　電　話號　碼。

● 有閑會 當 / 會使 /會用的/ 會用 得 敲 電 話 來 互 我。

u ǐng e dàng/ e sai /e īng e°/e iōng dīt kà di̯an ṵe la̯i hō ghua°/ghūa/lāi ho̱ ghùa。

有空可 以　　　　　　　　　　打 電 話 來 給 我。

● 真 /誠　　/足 歡 喜 見 /看　着 你。

zīn/zia̯ⁿ/ziā̱ⁿ/ziok hūaⁿ hi/hì gìⁿ/kùaⁿ di̯o̱rh lì。

很　　　　　高 興 見　　到 你。

● 希 望 會 當 /會 使/會用 的/會 通 閣 見 / 看　着 你。

hī bha̱ng e dàng/ e sai/e īng e°/e tāng gorh gìⁿ/kùaⁿ di̱o̱rh lì。

希望　可 以　　　　　　　　　再 見　　到 你。

問　路
mn̠g lō
問　路

- 街
  gue/ge
  街

- 路
  lō
  路

- 收　費　站
  siū hùi zām
  收　費　站

- 高　速　公　路
  gōr sok gōng lō
  高　速　公　路

- 人　行　　　　道
  lin̠ hin̠g /rīn hīng dōr
  人　行　　　　道

- 路　口
  lo̠ kàu
  路　口

● 橋
giǒr
橋

● 捷　　運
ziāt/ziāp ūn
捷　　運

● 正　爿
ziàⁿ bǐng
右　邊

● 倒　爿
dòr bǐng
左　邊

● 佇 即 爿
di̱ zit bǐng
在 這 邊

● 佇彼　爿
di̱ hit bǐng
在那　邊

● 青 紅　　　燈
cīⁿ a̱ng /cēⁿ āng ding
紅 綠　　　燈

● 住 址/地 址
zu̱ zì/ de̱ zì
住 址

● 門牌
mn̲g / mn̄g băi
門牌

● 地 圖
de̲ dŏ
地 圖

● 郵 局 /郵 便 局
iu̲/iū giok/ iu̲ /iū bia̲n giok
郵 局

● 批 筒
pūe/pē tàng
郵 筒

● 公 用 / 共 電 話
gōng io̲ng/ gio̲ng dia̲n ūe
公 用 電 話

● 火 車 站 /頭
he/hue ciā zām/tău
火 車 站

● 加 油 站
gā iu̲/iū zām
加 油 站

● 警 察 局
gìng cat giok
警 察 局

● 警　察
gìng cāt
警　察

● 歹　　勢，請　問　　台　北　車　站／頭　按　怎　行　
呢？
pai/paiⁿ-se，ciaⁿmng/ mng dai/dāi bak ciā zām/tǎu an/àn zuaⁿ giǎⁿ
nē？
對　不　起，請　問　　　台　北　車　站　　怎　麼　走　呢？

● 按／對／為　遮　會　當　／會　使　／會　用　的／會　用　得　行　　　路　去　獪？
àn/dùi/ùi zia e dàng/ e sai /e īng e/e iōng dīt giaⁿ/giāⁿ lō ki bhue°
/bhe°？
從　　這兒可　以　　　　　　　　　　　　　　走　　路去　嗎？

● 到　西　門　　町　愛／着　行　　　外　遠？
gàu sē mng/mng ding ài/diorh giaⁿ/giāⁿ ghua hng？
到　西　門　　町　要　　　走　　多　遠？

● 行　　　叨　一　條　　　路　會　當　／會　使　／會　用　的／會　用　得　到　遐
呢？
giaⁿ/giāⁿdor zīt diau/diāu lō e dàng/ e sai /e īng e°/e iōng dīt gàu hia
neh°？
走　　哪　　條　　路可以　　到　那兒　呢？

● 去　龍　　　山　寺，叨　一　條　　　路　上　近　　　　呢？
kì liong/liōng sān sī，dor zīt diau/diāu lō siong gūn/siang gīn neh°？
去　龍　　　山　寺，哪　一　條　　　路　最　近　　　　呢？

130

● 上 近 的捷 運 站 佇叨 位？
siong gūn/siang gīn e ziāt/ziāp un zām di dor ūi？
最 近 的捷 運 站 在 哪 兒？

● 公 用 / 共 電 話佇叨 位？
gōng iong/ giong dian ūe di dor ūi？
公 用 電 話 在 哪 裡？

● 會當 /會 使/會用的/會用 得畫 一 個地圖互我 看 覓
儋？
e dàng/ e sai /e īng e°/e iong dīt ui/ue zīt e de dǒ ho ghua kùaⁿ māi/
bhāi bhue°/bhe°？
可 以 畫 一 個地 圖給我 看 看嗎？

● 你會 當 /會使 /會用 的/會用 得行 即 條 路。
li e dàng/ e sai /e īng e°/e iong dīt giaⁿ/giāⁿ zit diau/diāu lō。
你可 以 走 這 條 路。

● 一 直 行 到青 紅 燈 的所 在。
it dīt giaⁿ/giāⁿ gàu cīⁿ ang /cēⁿ āng ding e so zāi。
一 直 走 到 紅 綠 燈 的地 方。

● 佇 /踮 下/後 一個路 口 斡 正 爿。
di /diàm e /au zīt e lo kàu uat ziàⁿ bǐng
在 下 一個路 口 往 右 轉。

● 正 手爿 着 會當/ 會 通 看 着 百貨 公 司啊/囉。
ziàⁿ ciu bǐng diorh e dàng/e tāng kùaⁿ diorh bà hè/hùe gōng si a°/lo°。
右 手 邊 就 可 以 看 到 百貨 公 司了。

● 你 已 經 行　　　　超 過　　（真 /誠　　 /足）遠 啊/囉。

li i gīng giaⁿ/giāⁿ ciāu gè/gùe (zīn/ziaⁿ/ziāⁿ/ziok)hn̄g a°/lo°。

你 已 經 走　　 超 過　 很　　　　　　　遠 了。

● 你 上　　　　好 去 問 佇 / 踮 彼 爿 的 警 察。

li siong /siang hòr ki° mn̄g di /diàm hit bǐng e gìng cāt。

你 最　　　　好 去 問 在　　　那 邊 的 警 察。

● 我　 對 遮 無　　　　熟。

ghua dùi zia bhor/bhōr sik。

我　 對 這 裡 不　　　　熟。

購 物 / 買 物 件
gò bhut/bhue/bhe mng/mih giāⁿ
購 物

● 便 利 超 商
bian li ciāu siong
便 利 超 商

● 珠 寶 店
zū bor diam
珠 寶 店

● 鐘 錶 店 / 錶 仔 店
zīng bior diam / bior a diam
鐘 錶 店

● 電 器 行
dian kì hăng
電 器 行

● 水 電 行
zui dian hăng
水 電 行

● 鞋 店
ue / ē diam
鞋 店

- 書 /冊 店 /書 /冊 局
zū /cè di̱a̱m/ zū /cè giok
書　　　店

- 文　　　具　　行 / 店
bhu̱n/bhūn gu̱/ku̱ hăng/di̱a̱m
文　　　具　　行

- 雜 貨　仔 店 /簽 仔 店
zāp he/hue a di̱a̱m/gam a di̱a̱m
雜 貨　　　店

- 菜 市仔/市 場
cài cī à/ ci̱ diŭⁿ/diŏⁿ
菜 市場

- 超　級 市 場
ciāu gip ci̱ diŭⁿ/diŏⁿ
超　級 市 場

- 菜 籃仔 /菜 籠 仔
cài nā à/ cài lang à
購 物籃

- 手 推 車仔/手 車仔
ciu sak ciā à /ciu ciā à
手 推 車

- 公　斤
gōng gun/gin　　　(外來語：ki lorh°)
公　斤

● 公　克
gōng kīk　（外來語：ghū la mu°）
公　克

● 製 造 日　　 期/子
zè zor līt/rīt/ghīt gǐ/zì
製 造 日　　 期

● 有　效 期　限
iu/u hau gi /gī hān
有　效 期　限

● 定　價
ding ge
定　價

● 特 價
dīk ge
特 價

● 便　　　宜/俗
ban/bān ghǐ/siok
便　　　宜

● 貴
gui
貴

● 打　折/拍 折
da^n ziāt/pà ziāt
打　折

● 找　錢
zau zĭⁿ
找　錢

● 收　據
siū gu/gi
收　據

● 賣
bhūe/bhē
賣

● 買
bhùe/bhè
買

● 買　賣
bhue bhūe/bhe bhē
買　賣

● 付　錢
hù zĭⁿ
付　錢

● 請　問　　你 欲　　　買　　　啥　物　　/貨？
ciaⁿ mng/mng li bheh/bhueh bhue /bhe siaⁿmēh/mīh /he/hue？
請　問　　你 要　　　買　　　什　麼？

● 恁 有 賣　　禮盒　　無？
lin u bhue/bhe le ah/ap bhor°/bhŏr/bhōr？
你們有 賣　　禮　盒　　嗎？

● 請　來　　遮。
ciaⁿ lai/lāi zia。
請　來　　這。

● 我　有　真/誠　　　/足　濟　　種 /　款 互你 選　擇/ 揀。
ghua u zīn/ziaⁿ/ziāⁿ/ziok zue/ze ziòng/kùan ho li suan dik/gìng。
我　有　很　　　　　多　　　種　　　讓你 選　擇。

● 你　欲　　　　俗 的，抑/也 是欲　　　　貴 的。
li bheh/bhueh siok e°。iah/ah si bheh/bhueh gui e°。
你　要　　　　便宜的，還　　是要　　　　貴 的。

● 我　　欲　　　買　　　俗 的着　　　　好。
ghua bheh/bhueh bhue /bhe siok e°dorh/diorh hòr。
我　　要　　　買　　　便宜的就　　　　好。

● 這/即 個是上　　俗 的。
ze/zit e si siong siok e°
這　　個是最　便宜的。

● 失禮 /歹　　　勢，這/即個拄好　缺 / 欠　貨。
sit lè /pai/paiⁿ-se，ze/zit e du hor kuat / kiàm he/hue。
不 好 意　　　思，這個　　剛好 缺　　　貨。

● 彼 個　互 我 看 覓　　　咧。
hit e/ě ho ghua kùaⁿ māi/bhāi leh°。
給我　　　　　看看那一個。

● 彼 個　外 濟　　錢？
hit e/ě ghua zue/ze zíⁿ？
那 個　多 少　　錢？

137

● 彼 個 價 錢/ 數 會比較 較 貴。
hit e/ě gè zǐⁿ/siau e bi gàu kah gui。
那 個 價 錢　　會比較　　貴。

● 愛 一 千 五 百 箍。
ài zīt cing gho bà ko。
要 一 千 五 百 元。

● 會 當 /會使 /會用 的/會用 得 打 幾 折 /拍 幾 折 呢?
e dàng/ e sai /e īng e°/e iōng dīt daⁿ gui ziāt/pà gui ziāt nē?
可 以　　　　　　　　　　打 幾 折　　　　呢?

● 這已 經 是 特 價。
ze i gīng sī dīk ge。
這已 經 是 特 價。

● 阮 無　　　打 折 /拍 折。
ghun bhor/bhōr daⁿ ziāt/pà ziāt。
我們 不　　　打 折。

● 會 當 /會使 /會用 的/會用 得 閣 較 俗 一 點 仔儂 ?
e dàng/ e sai /e īng e°/e iōng dīt gorh kah siok zit° diam° a° bhūe
/bhue°/bhē/bhe°?
可 以　　　　　　　　　　　　　再　　便宜 一 點　　嗎?

● 歹　　勢，真 正 無　　辦 法 /法 度。
pai/paiⁿ-se，zīn ziàⁿ bhor/bhōr ban hūat/huat dō。
不 好意思，真 的 沒　　辦 法。

138

● 好 啦，算 一 千 三 百 箍/千三 着　　　好 啦。
hòr la°，sǹg zīt cing sāⁿ bà ko/cīng saⁿ do̠rh/dio̠rh hòr la°。
好 了，算 一 千 三 百 元　　　就　　　好 了。

● 真 /誠　　　/足 感 謝 你 喔。
zīn/ziaⁿ/ziāⁿ/ziok gam siā li° oh°。
太　　　　　　感 謝 你 了。

● 我 欲　　　閣 買　　　這/即個。
ghua bheh/bhueh gorh bhue /bhe ze/zit e/ě。
我 還　　　要 買　　　這個。

● 我 佮意即 款 的。
ghua gà ì zit kùan e°。
我 喜歡這 個樣子。

● 我 欲　　　得 這/即 個。
ghua bheh/bhueh di̠h ze/zit e/ě。
我 要　　　　　這個。

● 總 共 / 攏 總 外 濟 錢？
zong giōng/long zòng ghu̠a zue/ze zïⁿ？
一 共　　　多 少 錢？

● 恁 有收 信用 卡 無？
lin u̠ siū sìn io̠ng kà bhor°/bhǒ̠r/bhō̠r？
你們 收信用 卡 嗎？

● 阮 干 乾收 現 金。
ghun gān dā siū hia̠n gim。
我們只 收現 金。

● 共你 打 /拍 九 折。

ga li daⁿ/pà gau ziāt。

給你 打　　九　折。

● 你錢　找 毋著　啊。

li zǐⁿ z<u>au</u> <u>m</u> diorh a°。

你錢　找 錯　　了。

● 請 替　　我 包 起 來。

ciaⁿ tùe/tè ghua bau ki° lai°。

請 幫　　我 包 起 來。

● 會 當 /會 使/會 用 的/會 用　得 替　　我　送　到 厝/茨裡　
嬒?

<u>e</u> dàng/ <u>e</u> sai /<u>e</u> īng e°/<u>e</u> iōng dīt tùe/tè ghua sàng gàu c<u>u</u>　nih°　
bhūe/bhue°/bhē/bhe° ?

可 以　　　　　　　　　　幫　我　送　到 家　裡　嗎 ?

● 無　　　問　題。

bh<u>o</u>r/bhōr bh<u>u</u>n d<u>ŭ</u>e/dě。

沒　　　問　題。

● 阮　無　　　即 種 / 款 服 務。

ghun bh<u>o</u>r/bhōr zit ziong/kuan hōk bhū。

我們 沒有　　這 種　　服 務。

140

電 器 用 品
dian kì iong pìn
電 器 用 品

③

● 電 腦
dian nàu
電 腦

● 電 鍋
dian gor/ue
電 鍋

● 烤 箱
hāng siu^n/sio^n
烤 箱

● 微 波 爐 (華語發音)
úe po lǔ
微 波 爐

● 電 磁 爐
dian zu/zū lǒ
電 磁 爐

● 洗 衣/衫 機
sue/se ī /sā^n gi
洗 衣 機

● 冷 氣
ling ki
冷 氣

● 電　扇/　風
dian si^n/hong
電　扇

● 電　視
dian sī
電　視

● 電　話
dian ūe
電　話

● 冰　　箱
bīng siu^n/sio^n
冰　　箱

● 吸　塵　　器
kip din/dīn ki
吸　塵　　器

● 電　熱　　　器/燒　氣
dian liāt/riāt ki/siōr ki
電　暖　　　器

● 除　　濕機
du/dī sip gi
除　　濕機

銀　　　行
ghun/ghīn hăng
銀　　　行

● 錢
zǐⁿ
錢

● 銀　　　票
ghun/ghīn pior
鈔　　　票

● 銅　　　版 仔/ 銅　　　錢 仔/ 銅　　　銑 仔/ 銀　　　角 仔/零 散 的
dang/dāng ban à/ dang /dāng zǐⁿ à/ dang/dāng sian à / ghun/ghīn gak à /lan san e
硬　　　　　幣

● 箍
ko
元

● 現　金
hian gim
現　金

● 身 分 證
sīn hūn zing
身 分 證

● 存　　款　簿/寄　金　簿
zu̱n/zūn kuan pō/kià gīm pō
存　　　　　摺

● 匯　款
hu̱e kùan/kùaⁿ
匯　款

● 領　錢
nia zĭⁿ
領　錢

● 提　　款　　機
te̱/tē kuan/kuaⁿ gi
提　款　　機

● 提　　款　　卡
te̱/tē kuan/kuaⁿ kà
提　款　　卡

● 信　用　卡
sìn io̱ng kà
信　用　卡

● 支　票
zī pio̱r
支　票

● 簽　名
ciām miă
簽　名

● 兩 千 箍
nng cīng ko
兩 千 元

● 一 千 箍
zīt cīng ko
一 千 元

● 五 百 箍
 gho bà ko
五 百 元

● 兩 百 箍
nng bà ko
兩 百 元

● 一 百 箍
zīt bà ko
一 百 元

● 五 十 箍
gho zāp ko
五 十 元

● 十 箍
zāp ko
十 元

● 五 箍
gho ko
五 元

● 一 箍
zīt ko
一 元

● 請 問， 這/遮附近 有 銀 行 無？
ciaⁿmňg，ze/zia hù gun/gin u ghun/ghīn hăng bhor°/bhǒr/bhōr？
請 問，這 附近 有 銀 行 嗎？

● 即 張 支 票 欲 兌 換 做 現 金。
zit diūⁿ/diōⁿ zī pior bheh/bhueh dùi/tùi uaⁿ zùe/zòr hian gim。
這 張 支票 要 兌 換 成 現 金。

● 互 我 五 張 一 千 箍的， 十 張 一 百 箍的， 其
它的 欲 銀 角 仔/銅 銑 仔。
ho ghua gho diūⁿ/diōⁿ zīt cīng ko e， zāp diūⁿ/diōⁿ zīt bà ko e， gi
ta e bheh/bhueh ghun/ghīn gak à /dang/dāng sian à。
給 我 五 張 一 千 元的， 十 張 一 百 元的， 其
它的 要 硬 幣。

● 這 是 我 的 身 分 證。
ze sī ghua e /ē sīn hūn zing
這 是 我 的 身 分 證。

● 我 欲 存 款 /寄 錢。
ghua bheh/bhueh zun/zūn kùan/kùaⁿ/già zǐⁿ。
我 要 存 款。

● 我 欲 領 錢。
ghua bheh/bhueh nia zǐⁿ。
我 要 領 款。

● 即 寡 /遮 一 千 箍 的 紙 票 /幣， 欲　　　換 做　　　一 百 箍 的。

zit gua /zia zīt cīng ko e̲ zua pio̲r/be̲，bheh/bhueh u̲aⁿ zùe/zòr zīt bà ko e/e°。

這 些　　　一 千 元 的 紙 鈔　　　要　　　換 成　　　一 百 元。

坐 計 程　　　　　車
ze gè di̠ng/dīng/ti̠ng /tīng cia
坐 計 程　　　　　車

MP3
35

● 跳　表
tiàu biòr
跳　表

● 夜 間 加 成
i̠a gan gā siǎⁿ
夜 間 加 成

● 車 資 /錢
ciā zu/ zǐⁿ
車 費

● 到　啊
ga̠u a°
到　了

● 計 程　　　　　車 招　　呼 站
gè di̠ng/dīng/ti̠ng /tīng cia ziāu /ziōr hō zām
計 程　　　　　車 招　　呼 站

● 遮 禁 止 臨 時 停　車
zia gìm zi li̠m si̠ ti̠ng cia /līm sī /tīng cia。
這裡禁 止 臨 時 停　車

148

● 等　我　一　下
dàn ghua°zit° e°。
等　我　一　下

● 正　彎 /斡　（斡　正　手）
ziàⁿ uan/uāt　(uat ziàⁿ ciù)
右　轉

● 倒　彎 /斡　（斡　倒　手）
dòr uan/uāt　(uat dòr ciù)
左　轉

● 直　行
dīt giǎⁿ
直　走

● 迴　　　轉 /摀倒　轉
hue/hūe zùan/kāu dòr dǹg
迴　　　轉

● 停
tǐng
停

● 請　問 你 欲　　　去 叨 位？
ciaⁿ mng li bheh/bhueh kì dor ūi？
請　問 你 要　　　去 哪 裡？

● 我　欲　　　去 捷　運 市 政 府 站，多　謝。
ghua bheh/bhueh kì ziāt/ziāp ūn ci zìng hu zām，dōr siā。
我　要　　　去 捷　運 市 政 府 站，多　謝。

● 請　結　安　全　　　帶。

cia^n gat ān z<u>u</u>an/zūan d<u>u</u>a。

請　繫　安　全　　　帶。

● 請　佇/踮　第二　　　個青紅　　　燈　正　斡。

cia^n d<u>i</u>/diàm de l<u>i</u> /r<u>i</u>/gh<u>i</u> <u>e</u> cī^n <u>a</u>ng /cē^n āng ding zià^n uāt。

請　在　　第二　　　個紅　綠　　　燈　右　轉。

● 請　開/駛　較　慢　一　　點　仔。

cia^n kūi/sai kah bhān zit° diam° a°。

請　開　　　　慢　一　　點。

● 請　開/駛　較　緊　一　　點　仔。

cia^n kūi/sai kah gìn zit° diam° a°。

請　開　　　　快　一　　點。

● 我　欲　　　佇/踮　遮　停。

gh<u>u</u>a bheh/bhueh d<u>i</u>/diàm zia t<u>i</u>ng。

我　要　　　　在　　這裡停。

● 外　濟　　錢　呢？

gh<u>u</u>a z<u>u</u>e/z<u>e</u> z<u>i</u>^{n} nē？

多　少　　錢　呢？

● 一　百　八　　十　箍。

zīt bà bùe/bè zāp ko

一　百　八　　十　元。

坐 公 車
ze gōng cia
坐 公 車

● 車 門
ciā mňg
車 門

● 司 機
sū gi
司 機

● 悠 遊 卡
iu iǔ kǎ / iū iu̠ kà
悠 遊 卡

● 零 散 的
la̠n san e
零 錢

● 車 資 /錢
ciā zu/ zǐ^n
車 費

● 上 車
ziu̠^{n}/zio̠^{n} cia
上 車

● 落　車
lorh cia
下　車

● 博　愛　座
pok ài zōr
博　愛　座

● 請　問　　即班　公　車有到台　　北　車　站/ 頭　無？
ciaⁿ mn̄g/mn̠g zit bān gōng cia u̠ gàu da̠i/dāi bak ciā zām/tău bhor°/
bhŏr/ bhōr？
請　問　這班　公　車　到台　　北　車　站　　嗎？

● 有。請　上　　　車。
ū。ciaⁿ ziu̠ⁿ/zio̠ⁿ cia
有。請　上　　　車。

● 到　我　該　落車　的所在，請　共我　　講　一　　聲。
gàu ghua gāi lorh cia e̠ so zāi，ciaⁿ ga̠ ghua gòng zit° siaⁿ°。
到了我　該　下車　的地方，請　告訴　我　一　　聲。

● 無　　　　問　題。
bhor̠/bhōr bhu̠n dŭe/dě。
沒　　　　問　題。

● 到台　　北　車　站/ 頭大　約/差不　多　閣　愛外　久？
gàu da̠i/dāi bak ciā zām/tău da̠i iōk/cā but dōr gorh ài ghu̠a gù？
到　台　　北　車　站　大　約　　　　還要多　久？

152

● 大 約/差 不 多 二 　 十 分 鐘。
dai iōk/cā but dōr li̠ /ri̠/ghi̠ zāp hūn zing。
大 約 　 　 二 　 十 分 鐘。

● 你好 落 車 啊/囉。
li hor lo̠rh cia a°/lo°
你該 下 車 了。

● 細 　 膩 仔行， 注意/ 斟 酌 看 後 面 來的車。
sùe/sè li̠/rī a giǎn , zù ì /zīm ziok kùan a̠u bhīn lǎi e̠ cia。
小 　 　 心走， 注意 　 　 看 後 方來 車。

百貨　　公司
bà hè/hùe gōng si
百貨　　公司

● 櫃　台
gui dăi
櫃　台

● 見　本　櫥
giàn bun dŭ
櫥　　窗

● 店　員
diàm ŭan
售貨　員

● 女店　員
lu diàm ŭan
女售貨　員

● 電　梯
dian tui
電　梯

● 流　　籠
liu/liū lŏng
手　扶梯

● 一 樓
it lǎu
一 樓

● 二　　　樓
li̠ /ri̠/ghi̠ lǎu
二　　　樓

● 定　價
di̠ng ge̠
定　價

● 特　價
dīk ge̠
特　價

● 拍/打　折
pà/daⁿ ziāt
打　　折

● 帽　　　仔
bhǒr/bhōr-à
帽　　　子

● 西　裝
sē zong
西　裝

● 西　裝　褲
sē zōng ko̠
西　裝　褲

● 牛 仔 褲
ghū a ko
牛 仔 褲

● 裙
gŭn
裙子

● 外　套 /口　衫
ghua-tor/kau-saⁿ
外　套

● 禮 物
le bhūt/mih
禮 物

● 贈　品
zing pìn
贈　品

● 相　　　機　/　翕 相　　　機 /　（外來語）
siong/siòng gi　/　hip siong/siòng gi　/ (kā me la°)
相　　　機

● 電　腦
dian nàu
電　腦

● 襯 衫 （外來語）
cìn san (sia zu°)
襯 衫

● 內 衫
lai saⁿ
內 衣

● 毛　　衣（膨　紗　衫）
mo/mō i　(pòng sē saⁿ)
毛衣

● 皮　　　包（皮　　　包仔）
pe/pūe bau (pe/pūe bāu à)
皮　　　包

● 雨 傘
ho suaⁿ
雨 傘

● 皮 鞋
pe ŭe/pūe ĕ
皮 鞋

● 布 鞋
bò ŭe/ ĕ
布 鞋

● 襪　　　　仔
bheh/bhueh à
襪　　　　子

● 絲 襪　　　仔
sī bheh/bhueh à
絲 襪

157

● 手 套/ 襱
ciu t<u>o</u>r/ lŏng
手 套

● 手 巾 仔
ciu gūn/gīn à
手 帕

● 耳 鉤
h<u>i</u>/h<u>i</u>ⁿ gau
耳 環

● 施 鍊
p<u>u</u>ah liān
項 鍊

● 芳 水
pāng zùi
香 水

● 領 帶 (外來語)
nia d<u>u</u>a (nē ku dài)
領 帶

● 手 錶 （手 錶 仔）
ciu biòr （ciu bior à）
手 錶

● 手 機仔
ciu kī à
手 機

- 翁 仔 物　　　　（迌 迌 物 仔）
  āng a mǹg/mih　　（cit tor mi à）
  玩　具

- 歡　迎　　　光　臨。
  hūan ghing/ghīng gōng lǐm
  歡　迎　　　光　臨。

- 女　裝　部佇叨位？
  lu/li zōng bō di dor ūi？
  女　裝　部在哪裡？

- 佇二　　　樓。
  di li/ri/ghi lǎu。
  在二　　　樓。

- 即　寡/遮攏是今年　上　新的款　式。
  zit gùa/zia long si gīn nǐ siong sin e kuan sīk。
  這　些　　都是今年　最　新的款　式。

- 即 部 分是法　國　製的，其　他的是大　陸 製的。
  zit bo hūn si huat gok ze e°，gi/gī ta e si dai liōk ze e°。
  這 部 分是法　國　製的，其　他的是大　陸 製的。

- 阮　的品質真 /誠　　　/足 好，請 你放　心。
  ghun e pin zīt zīn/ziaⁿ/ziāⁿ/ziok hòr，ciaⁿ li hòng sim。
  我們的品質很　　　　　　　好，請 你放　心。

- 請　你來　　即 爿。
  ciaⁿ li lai/lāi zit bǐng。
  請　你來　　這　邊。

159

● 猶 有 特 價 的 商 品。

iau u dīk ge e siōng pìn。

還 有 特 價 的 商 品。

● 會 當 /會 使/會 用 的/會 用 得 試 穿 看 覓 艙?

e dàng/ e sai /e īng e/ e iōng dīt cì cing kùaⁿ māi/bhāi bhūe/bhue° /bhē/bhe°?

可 以　　　　　　　　試 穿 看 看　　嗎?

● 即 領 衫 無　　啥 適 合 我 穿。 (即 領 衫 無 啥 合 我 穿。)

zit nia saⁿ bhor/bhor siaⁿ sik hāp ghua cīng。 (zit nia saⁿ bhor/bhor siaⁿ hah ghua cīng。)

這 件 衣 服 不　　太 合 適 我 穿。

● 花 草 無　　佮 意。

hūe càu bhor/bhōr gà i

花 色 不　　喜 歡。

● 傷　　大 啊。

siūⁿ/siōⁿ dūa a°。

太　　大 了。

● 傷　　細 啊。

siūⁿ/siōⁿ sue se a°。

太　　小 了。

● 傷　　短 啊。

siūⁿ/siōⁿ dè a°。

太　　短 了。

● 傷　　　長 啊。

siūⁿ/siōⁿ dňg a°。

太　　　長 了。

● 請 量　　我 的寸 尺 看　覓。

ciaⁿ niu/nīu ghua e cùn ciōrh kùaⁿ māi/bhāi。

請 量一量 我　的尺　寸。

● 拄仔 好／拄拄 好，合 我　的寸 尺。

du a hòr/du du hòr，hah ghua e cùn ciōrh。

剛剛 好，　　　　合 我　的尺　寸。

● 我　欲　　買　　　即領。

ghua bheh/bhueh bhue/bhe zit nià。

我　要　　買　　　這件。

● 多 謝，　我 共／替　您 結 帳。

dōr siā，ghua ga/tùe/tè li giat siau。

謝 謝，　我 幫　　您 結 帳。

● 有　會 員　　卡 無？　　　　　　（敢　　有 會　員
卡 ？

u　hue uan/ūan kà bhor°/bhǒr/bhōr？　　（gam/gaⁿ u hue uan/ūan
kà？）

有沒有會　員　　卡？

● 欲　　　刷 卡／攄 卡 無？

bheh/bhueh sua kǎ/lù kà bhor°/bhǒr/bhōr？

要　　　刷 卡　　嗎？

● 我　欲　　　付現　金。

ghua bheh/bhueh hù hia̱n gim。

我　要　　　付現　金。

● 這是您的　　發　票。

ze si̱ li e̱ /ē huat pio̱r。

這是您的　　發　票。

● 歡　迎　　　再　度　　光　臨。（者　閣　來。）

hūan ghi̱ng/ghīng zài do̱/dō gōng lĭm。(ziah gorh lăi。)

歡　迎　　　再　度　　光　臨。

蹛 飯 店
dùa bn̄g diàm
住 飯 店

● 飯 店
bn̄g diàm
飯 店

● 櫃 枱
guī dǎi
櫃 枱

● 出 納 員
cut lāp ǔan
出 納 員

● 單　　　人　　床
dān/dūaⁿ l̄in /r̄in cn̆g
單　　　人　　　床

● 雙　人　　床　　雙　人　眠　床
siāng l̄in /r̄in cn̆g　(siāng l̄ang bh̄in cn̆g　/siāng lāng bh̄in cn̆g)
雙　人　　床

● 雙　　人　　　房
siāng l̄ang/lāng băng
雙　　人　　　房

● 樓　　梯
lau/lāu tui
樓　　梯

● 電　梯
dian tui
電　梯

● 大　廳
dua tiaⁿ
大　廳

● 餐　廳
cān tiaⁿ
餐　廳

● 窗　仔　門　簾　仔　（外來語）
tāng a mng lī à　（kā diàn）
窗　　　　　簾

● 衫　仔　櫥/櫃
sāⁿ a dǔ/gūi
衣　　櫃

● 衣　架仔 /衫　仔架/ 衫　仔　弓　仔
ī　ge à / sāⁿ a ge/ sāⁿ a kīng à
衣　架

● 桌　仔
dor à
桌　子

164

- 電 話
  dian ūe
  電 話

- 被 單
  pe/pue duaⁿ
  被 單

- 枕 頭
  zim tău
  枕 頭

- 毯 仔
  tan à
  毯 子

- 鎖 匙
  sor sǐ
  鑰 匙

- 便 所
  bian sò
  廁 所

- 浴 缸
  īk gng
  浴 缸

- 鏡
  giaⁿ
  鏡子

- 雪 文   (茶 箍)
  sap mǔi/bhǔn   (de/dē ko)
  肥 皂

● 洗　　髮　精
sue/se huat zing
洗　　髮　精

● 毛 巾　　　　/面 巾
mo̠ gun /mō gin /bhi̠n gun/gin
毛 巾

● 地　　毯
du̠e/de̠ tàn
地　　毯

● 膨 椅
pòng ì
沙 發

● 梳　　粧　台 / 鏡　台
sūe/sē zn̄g dǎi / giàⁿ dǎi
梳　　粧　台

● 枱　　燈
da̠i/dāi ding
枱　　燈

● 薰 缸 仔/ 薰 屎 缸 仔
hūn kok à/ hūn sai kok à
烟 灰 缸

● 貴 重 品 / 貴 重 的 物 　 件
gùi dio̠ng pìn / gùi diōng e̠/ē mn̠g/mi̠h giāⁿ
貴 重 品

166

● 旅　客　登　記　簿
lu/li kēh dīng gì pō
旅　客　登　記　簿

● 過　　暝　　費/　過　　　暗費 /　蹛暝　　費 /　歇暗費
gè /gùe mi/mē hui/ gè /gùe àm hui / dùa mi/mē hui / hiòr àm hui
住　　　宿　　費

● 賬　單
siàu dua^n
賬　單

● 服　務　費
hōk bhu hui
服　務　費

● 小　費
sior hui
小　費

● 稅
se /sue
稅

● 經　理
gīng lì
經　理

● 會　　計　員
hue/gùe gè ŭan
會　　計　員

● 服 務 生
hōk bhu̱ sing
服 務 生

● 女 服 務 生/ 查 某 服 務 生
lu/li hōk bhu̱ sing /zā bho hōk bhu̱ sing
女 服 務 生

● 有兩 張 /頂 單 人 床的房 間 無？
u̱ nng diūⁿ/diōⁿ/ding dān/dūaⁿ li̱n /rīn cǧ e̱ ba̱ng/bāng ging bhor°/
bhǒr /bhǒr ？
有兩 張 單 人 床的房 間 嗎？

● 我 無 預 訂 房 間。
ghua bho̱r/bhōr u̱/i̱ di̱ng ba̱ng/bāng ging。
我 沒有 預 訂 房 間。

● 失 禮 (歹 勢)，已 經 客 滿 啊。
sit lè (pai/paiⁿ se̱)，i gīng kè mùa/bhùan a°。
抱 歉， 已 經 客 滿 了。

● 你 想 欲 蹛 外 久？/ 你 想 欲 踮 偌 久？
li siuⁿ bheh dù ghu̱a gù？ / li sioⁿ bhueh diàm lu̱a gù？
你 想 要 住 多 久？

● 我 打/按 算 蹛/ 踮 兩 工。
ghua pà/àn sǹg dùa/diàm nng gang。
我 打 算 住 兩 天。

168

● 我 欲 較 安 靜 的 房 間。
ghua bheh/ bhueh kah ān zīng e bang/bāng ging。
我 要 比較安 靜 的房 間。

● 房 間 一 工 外 濟 錢？
bang ging zīt gang gua zue zǐⁿ？ /bāng ging zīt gang lua ze zǐⁿ？
房間一天多少錢？

● 房 間 一 工 幾 圓？
bang/bāng ging zīt gang gui ǐⁿ
房 間 一 天 多少錢？

● 傷 貴啊啦。有較俗 一 點 的 房 間 無？
siūⁿ/siōⁿ gui a° la°。u kah siok zit° diam° e bang/bāng ging bhōr/bhǒr
/bhor°？
太 貴了。 有便 宜 一 點 的 房 間 嗎？

● 連／含早頓的服 務 費，也/ 嘛攏包含在內是毋？
lian/ham za dng e hōk bhu hui，ah/iah/ma long bāu ham zai lāi sī-m°？
連 早 餐 服 務 費，也 都 包 含 在 內 嗎？

● 請 互我 登 記你的身 分 證。
ciaⁿ ho ghua dīng gì li e sīn hun/ hūn zing。
請 給 我 登 記你的身 分 證。

● 請 叫服 務 生共 我 的行 李提來我 的 房 間。
ciaⁿ giòr hōk bhu sing ga ghua e hing/hīng lì te lai ghua e bang/bāng
ging。
請 叫 服 務 生 把 我 的 行 李拿來 我 的 房 間。

● 這是你的 鎖 匙。房 間 門 是會自 動 鎖 的。

ze si̱ li e̱/ē sor sǐ。ba̱ng/bāng gīng mǐg si̱ e̱ zu̱ do̱ng sòr e°。

這是你的 鑰 匙。房 門 是 自 動 上鎖的。

● 請 叫 服 務 生 來。

ciaⁿ giòr hōk bhu̱ sing lǎi。

請 叫 服 務 生 來。

● 閣 借 我 一 領 毯 仔。

gorh ziòr ghua zīt nia tan à。

再 借 我 一 張 毯子。

● 房 號 1 3 0 2 的電 話 怎 麼 敲?

ba̱ng/bāng hōr it sam kòng li̱/ri̱/ghī e̱ di̱an ūe an/àn zuaⁿ ka̱?

房 號 1 3 0 2 的電 話 怎 麼 打?

● 先 捺 0, 者 閣 敲 1 3 0 2 着 會 通 啊。

sīng ci̱/li̱/ri̱ lǐng, ziah gorh kà it sam kòng li̱/ri̱/ghī di̱orh e̱ tong a°。

先 按 0, 再 打 1 3 0 2 就 可以通 了。

● 我 欲 退 房。 請 共 賬 單 互 我。

ghua bheh/bhueh tùe/tè bǎng。ciaⁿga̱ siàu duaⁿ hō ghua°(ho̱ ghùa)

我 要 退 房。 請 把 賬 單 給 我。

● 我 會當 / 會使 /會用的 /會用 得共 即 件 行 李 寄 囥 到
拜 三 繪?

ghua e̱ dàng/ e̱ sai /e̱ īng e°/e̱ iōng dīt ga̱ zit giaⁿ hi̱ng lì già kǹg gàu
bài saⁿ bhūe/bhue°/bhē/bhe°?

我 可以 把這件 行 李 寄放 到
星期三嗎?

● 會 當 /會 使 的 /會 用 的 /會 用 得，毋 過 無　　　負 保　管 的 責
任　　　　喔！
e̱ da̱ng/e̱ sài e°/e̱ īng e°/e̱ iōng dīt，m̱ gor bho̱r/bhōr hu̱ bor gùan e̱ zik
līn/rīn/ghīn o°！
可 以，　　　　　　　　　但　 不　　　負 保　管 的 責
任　　　　喔！

● 好　啦！我　共　重　要 的　物　　 件　提　起　來。
hòr la°！ghua ga̱ dio̱ng ia̱u e̱/ē mṉg/mi̱h giāⁿ te° ki° lai°。
好　啦！我　把　重　要 的　東　　西　拿　起　來。

● 麻　煩　你 啊。　　　　　　　　/魯 力 你 囉。
ma̱ hua̱n lì a°。/ma̱ hŭan li° a°。/lo lat li° lo°。
麻　煩　你 了。

● 毋　冤　客 氣。
m̱ bhian kè ki̱。
不　用　客 氣。

拍/敲 電 話
pà/kà diạn ūe
打　電 話

39

● 公　用 / 共　電　話
gōng iọng/ giọng diạn ūe
公　用　　電　話

● 市內 電 話
cị lại diạn ūe
市內 電 話

● 手　機　/ 手機仔
ciu gi　/ ciu gī à
手　機

● 電　話 簿
diạn ụe pō
電　話 簿

● 電　話　號　碼
diạn ụe họr bhè/mà
電　話 號　碼

● 分　機
hūn gi
分　機

● 會當 /會使 /會用的 /會用得 借 我 電話 儋？
e dàng/ e sai /e īng e°/e iōng dīt ziòr ghua diạn ūe bhūe/bhue°/bhē
/bhe°？
可以 借 我 電話 嗎？

● 我 欲 拍/敲 長 途 電 話 到 台
中。
ghua bheh/bhueh pà/kà dng do diạn ūe(dīg dō diạn ūe) gàu dại/dāi
diong。
我 要 打 長 途 電 話 到 台 中。

● 請 問 是郭 先 生 是毋？
ciaⁿ mng/mng si gēh/gūeh sian° siⁿ°/seⁿ° sī-m°？
請 問 是郭 先 生 嗎？

● 你拍/敲毋 著 號 碼 啊。
li pà/kà m diọrh họr bhè/mà a°。
你打 錯 號 碼 了。

● 失 禮（歹 勢），請 問 你的號 碼 是 0 4-1 2 3
4-4 5 6 7 是毋？
sit lè (pai/paiⁿ sẹ)，ciaⁿ mng/mng li e họr bhè/mà sị kòng sụ- it lī sam
sụ-sù ngò liōk cīt sī-m°？
對不起， 請 問 你的號 碼 是 0 4-1 2 3
4-4 5 6 7 嗎？

● 毋 著， 我 毋是即個號 碼。
m diọrh，ghua m sị zit e họr bhè/mà。
不 對， 我 不是這個號 碼。

173

● 郭　　先　生　　　即 馬/ 陣 當 咧 講 話 中。
gēh/gūeh sian° siⁿ°/seⁿ° zit mà/zūn dng leh gong ue diong。
郭　　　先　生　　　現 在　　正 在 講 話 中。

● 當 咧 開 會。
dng leh kūi hūe。
正 在 開 會。

● 目　前　　無　　　佇 咧 位 的。
bhōk ziǎn/zǐng bhor/bhōr di leh ūi e°。
目　前　　不　　　在　座 位。

● 今 仔日　　　請 假。　　　　（今仔日）
gīn a lit/rit/ghit cing gà。　　（giāⁿ lit/rit/ghit）
今　天　　　請 假。

● 請 等 一 下 者 閣 拍/ 敲。
ciaⁿ dàn zit° e° ziah gorh pà/ ka。
請 等 一 下 再　　打。

● 請 你 留 話。我 共/替　你 轉 達。
ciaⁿ li lau ūe。ghua ga/tùe/tè li zuan dāt。
請 你 留 話。我 幫　　你 轉 達。

● 我　少 等 一 下 者 閣 拍/敲。
ghua sior dàn zit° e° ziah gorh pà/ ka。
我　稍 等 一 下 再　　打。

● 失 禮 (歹　　勢)，我 聽 無　　清 楚。
sit lè (pai/paiⁿ se)，ghua tiāⁿ bhor/bhōr cīng còr。
對不起　　　　，我 聽 不　　清 楚。

佇餐廳
di cān tiaⁿ
在餐廳

● 服 務 生
hōk bhu sing
服 務 生

● 女 服 務 生 / 查 某 服 務 生
lu/li hōk bhu sing /za bho hōk bhu sing
女 服 務 生

● 桌 仔
dor à
桌 子

● 餐 巾
cān gun/gin
餐 巾

● 箸
dū/dī
筷子

● 刀 仔
dǒr /dōr à
刀 子

● 鑱 仔
ciam à
叉 子

● 湯 匙 仔
tñg sǐ/sī à
湯 匙

● 杯 仔 (外來語)
būe à （kok bu°)
杯 子

● 早 頓
za dṇg
早 餐

● 中 　 畫 頓
diōng dàu dṇg
午 　 餐

● 晚 頓
àm dṇg
晚 餐

● 宵 夜
siāu iā/iah
宵 夜

● 下 午 茶 (華語發音)
ha̱ ngo dě （sià u̱ cǎ)
下 午 茶

176

● 菜　單
cài dua^n
菜　單

● 湯
tng
湯

● 乳　酪　（外來語）
nī làu　(cì süh/cì rüh)
乳　酪

● 奶油　（外來語）
nī iǔ　(bha da°)
奶油

● 肉
bhāh
肉

● 果　醬　（外來語）
gor ziu^n　(ria mu°)
果　醬

● 三　明　治
san bhíng züh`（華語發音）
三　明　治

● 高　麗　菜
gōr le̲/lē ca̲i
高　麗　菜

● 米
bhì
米

● 莒 蕉
gīn zior
香 蕉

● 馬 鈴 薯
ma liṇg zǔ　/ma-līng-zǐ
馬 鈴 薯

● 葡 萄
poʳ dǒr(pu̱ tǒr/pōr dǒr/pū tǒr)
葡 萄

● 臭 茄仔(柑仔 蜜)(外來語)
càu kī à (gam a bhit)(tōr ma dor°)
蕃 茄

● 蘋 果 /瓜(柯)果
po̱ng gòr/gūa　gòr
蘋 果

● 柑 仔
gām à
橘 子

● 雞 卵 糕
gūe/gē nṇg gor
蛋 糕

● 牛　奶
ghu ni/ghū ling
牛　奶

● 魚
hŭ/hĭ
魚

● 龍　　蝦
ling/liōng hě
龍　　蝦

● 牛　　　肉
ghu /ghū bhāh
牛　　　肉

● 豬　　肉
dū/dī bhāh
豬　　肉

● 羊　　　　肉
iu^n/iū^n/iō^n bhāh
羊　　　　肉

● 雞　　肉
gūe/gē bhāh
雞　　肉

● 牛　　排
ghu /ghū băi
牛　　排

● 生　　的
ci^n/ce^n e/e°
生　　的

● 烘　的
hang e/e°
烤　的

● 煮　的
zù/zì e°
煮　的

● 炸　　的
zi̠^{n}/ze̠^{n} e°
炸　　的

● 卵
nn̄g
蛋

● 青　　菜
cī^n/cē^n cai̠
青　　菜

● 沙 拉
sa la
沙拉

● 麵 包　（麵 棒）（外來語）
mī bau　（mī bōng）（pàng）
麵 包

● 火　　鍋
he/hue gor
火　　鍋

● 果　　子
ge/gue zì
水　　果

● 咖啡
gā bi
咖啡

● 紅　　茶
<u>a</u>ng/āng dě
紅　　茶

● 糖
tňg
糖

● 鹽
iǎm
鹽

● 豆　油
d<u>a</u>u iǔ
醬　油

● 辣椒／番　薑　仔醬
l<u>a</u> ziāu/hūan giū^n a zi<u>u</u>^{n}
辣　椒　　　　　醬

181

● 胡　　椒
ho̲ /hō zior
胡　　椒

● 請　問　　幾 位 呢？
ciaⁿ mn̲g/mn̄g gui ūi nē？
請　問　　幾 位 呢？

● 阮　四位/個。
ghun sì ūi/ ě。
我們 四位。

● 請　你揣　　倚 窗 仔的　桌 子。
ciaⁿ li ce̲/cu̲e ua tāng à e̲ /ē dor à。
請　你找　　靠 窗 的　桌 子。

● 失 禮（歹　　勢），已 經 客 滿　　　啊。
sit lè（pai/paiⁿ se̲），i gīng kè mùa/bhùan a°
抱 歉　　　　　　　，已 經 客 滿　　　　了。

● 請 提菜 單 給 我。
ciaⁿ te̲ cài duaⁿ hō ghua°/ho̲ ghùa。
請 拿菜 單 給 我。

● 今仔日　　　的 特 餐是啥 麼/物　/貨？　　（今仔日）
gīn a lit/rit/ghit e̲/ē dīk can si̲ siaⁿ mēh/mih/he̲/hu̲e？（giāⁿ lit/rit/ghit）
今 天　　　的 特 餐是什 麼？

● 請 推 薦 恁 的　招 牌　　菜。
ciaⁿ cūi ziàn lin　e̲/ē ziāu ba̲i/bāi ca̲i。
請 推 薦 你們 的　招 牌　　菜。

182

● 欲　　　　啉 湯　無?

bheh/bhueh līm tng bhor°/bhŏr/bhōr?

要　　　　喝 湯 嗎?

● 飯 後 欲　　　食 啥 麼/物　點 心?

bng āu bheh/bhueh ziah sianmeh/ mih diam sim?

飯 後 要　　　吃 什 麼　　　點 心?

● 你 欲　　　　雞　卵 糕 也/抑 紅　　豆 湯?

li bheh/bhueh gūe/gē nng gor ah/iah ang/āng dau tng?

你 要　　　　蛋　糕 或　　紅　豆 湯?

● 阮　咧 趕 時　間, 請　趕　緊 出 菜。

ghun leh guan si/sī gan, cianguan gin cut cai。

我 們 在 趕 時　間, 請 趕　緊 上 菜。

● 我　無　　　叫　這/即個。我　叫 的 是 紅　　　豆 湯。

ghua bhor/bhōr giòr ze/zit e。ghua gior e si ang/āng dau tng 。

我　沒　　　叫 這　個。我　叫 的 是 紅　　　豆　湯。

● 我　欲　　　買 單。

ghua bheh/bhueh mai dan。

我　要　　　買 單。

● 服 務 費, 也/　嘛 包 含 在 內 是毋?

hōk bhu hui, ah/iah/ma bāu ham zai lāi sī-m°?

服 務 費 也　　包 含 在 內 嗎?

● 愛 另 外 加 百 分 之 十　　　　　的　服 務 費。

ài ling ghua gā bà hūn zī zap(zāp pā sian) e/ē hōk bhu hui。

要 另 外 加 百 分 之 十　　　　　的　服 務 費。

感 情 表 達
gam zǐng biau dat
感 情 表 達

MP3
41

● 我 （真 /誠 /足） 快 樂。
ghua (zīn/ziaⁿ/ziāⁿ/ ziok) kùai lok
我 很 快 樂。

● 我 （真 /誠 /足） 歡 喜。
ghua (zīn/ziaⁿ/ziāⁿ/ ziok) hūaⁿ hì。
我 很 高 興。

● 我 替 你 感 覺（真 /誠 /足 ）歡 喜。
ghua tùe/tè li/lì gam gak (zīn/ziaⁿ/ziāⁿ/ ziok) hūaⁿ hì。
我 替 你 感 到 很 高 興。

● 我 的 運 氣 真 好。 （我 真 好 運。）
ghua e/ē un ki zīn hòr。 (ghua zīn hor ūn。)
我 的 運 氣 真 好。

● 真 正 是 足 好 的 啦。
zīn ziàⁿ si ziok hòr e° la°。
真 是 太 好 了。

● 滿 面 春 風。
bhua bhīn cūn hong。
滿 面 春 風。

● 馬 馬 虎 虎 啦！ （清 彩 啦！）
ma ma hū hu la°！ (cìn cài la°！)
馬 馬 虎 虎 啦！

● 我　興　奮 佮 睏 艙　　去。
ghua hīng hùn gah kùn bhue/bhe ki。
我　興　奮 的 睡 不　　著。

● 你真　了 不 起。（你真 不 得 了）。
li zīn liau but kì。 (li zīn but dik liàu)。
你真　了 不 起。

● 你真 厲害。
li zīn li hāi。
你真 厲害。

● 艙　　穤　嘛！
bhue/bhe bhài māh！
不　　錯　嘛！

● 太/ 真 佩　服 你 囉。　（有 夠 佩　服 你 的 啦。）
tài/zīn pùe hok li° lo°。　(u gàu pùe hok li°e° la°)
太　佩　服 你 了。

● 暫　時可以/會當　放　心 啊 囉 /啦。
ziam sǐ kor i / e dàng hòng sim a° lo°/la°。
暫　時可以　　　放　心　了。

● 你講　的是正　實的是毋？ 那 按呢　我　着　安 心 囉 /啦。
li gòng e si ziàⁿ sit e sī-m°？ na an ne/ni ghua diorh ān sim lo°/la°。
你講　的是真　的嗎？ 那　　　我　就　安 心 了。

● 看 較 開 一 點 仔，一切 攏 會 好 轉 （轉 好）的。
kùaⁿ kah kui zit° diam° a°, it ce̱ long e̱ hor zùan (zuan hòr)e°。
看 開 一 點， 一切 都 會 好 轉 的。

● （看 較 開 的，一切 攏 會 變 好 的 啦。）
(kùaⁿ kah kui e°, it ce̱ long e̱ biàn hòr e°la°)。
看 開 一點，一切 都 會 好 轉的。

● 我 （真/ 誠 /足） 傷 心。
ghua (zīn/zia̱ⁿ/zia̱ⁿ/ ziok) siōng sim。
我 很 傷 心。

● 我 （真/ 誠 /足） 痛 苦。
ghua (zīn/zia̱ⁿ/zia̱ⁿ/ ziok) tòng kò。
我 很 痛 苦。

● 我 的 心 攏 碎 囉。
ghua e̱ /ē sim long cu̱i lo°。
我 的 心 都 碎 了。

● 我 無 可奈何。 （我 真
無 奈。）
ghua bho̱r/bhōr kor na̱i hǒr。 (ghua bhu̱/bhū kor na̱i hǒr。)(ghua zīn
bhu̱/bhū nāi。)
我 無 可奈何。

● 我 活 獪 落 去 啊/囉。
ghua u̱ah bhu̱e/bhe̱ lorh ki° a°/lo°。
我 活 不 下 去 了。

186

● 我　毋知應 該愛按怎？　　　　　　　　　我 毋 知 欲
按 怎？

ghua m̲ zāi īng gāi ài an zùaⁿ？/àn zùaⁿ？　　ghua m̲ zāi bheh/bhueh
an zùaⁿ？/àn zùaⁿ？

我　不知　該　怎麼辦？

● 我　毋知應 該 按怎 講？

ghua m̲ zāi īng gāi àn zuaⁿgòng？/an zuaⁿ gòng？

我　不知　該 怎麼 說？

● 我　無　　　話 通 講。

ghua bho̲r/bhōr ūe tāng gòng。

我　無　　　話 可 說。

● 隨 在 你。　　　　　　（清 彩 你）

su̲i za̲i lì。/ sūi zāi li°。　（cìn cài li°/ cìn cai lì。）

隨 便 你。

● 我 已 經 盡 力啊/囉。

ghua i gīng zi̲n lik a°/lo°。

我 已 經 盡 力了。

● 我　無　　　　　　言 以 對。（我　無　　　話 通
應）。

ghua bho̲r/bhōr(bhu̲/bhū) ghiǎn　i　du̲i。　（ghua bho̲r/bhōr ūe tāng
i̲n）。

我　無　　　　　　言 以 對。

● 我　無　　　　　能 為 力。

ghua bho̲r/bhōr(bhu̲/bhū) lǐng u̲i/ūi lik。

我　無　　　　　能 爲 力。

187

● 我　嘛是不　得 已 的。
ghua ma si but dik ì　e°。
我　　也是不　得 已 的。

● 今 仔日　　　　傷　　　衰 啊。　　　　　（今仔 日）
gīn a lit/rit/ghit siūⁿ/siōⁿ sue a。　　（giāⁿ lit/rit/ghit）
今　 天　　　　太　　倒楣 了。　　　　（今　 天）

● 今 仔日　　　　運 氣 真 差/穤　。　　　（今仔 日）
gīn a lit/rit/ghit un ki zīn ca/bhài。　（giāⁿ lit/rit/ghit）
今　 天　　　　運 氣 真 差。　　　　（今 天）

● 你傷　　　 互(使)我　失　望　啊/囉。
li siūⁿ/siōⁿ ho(su)ghua sit bhong a°/ lo°。
你太　　　 令　我　失　望　了。

● 想　　　 𣍐　　　 到，你是彼 種　　　 人。
siūⁿ/siōⁿ bhue/bhe gau，li si hit ziong/zing lăng。
想　　　 不　　　 到，你是那 種　　　 人。

● 攏　共你講　幾 百　遍 (擺) 囉，你 猶 是 聽 毋 識　　　 (聽
無)。
long ga li gong gui bà bian (bài) lo°，li iau si tiāⁿ m bāt/bhāt。 (tiāⁿ
bhŏr)。
都　跟你 說 了幾 百　遍　　　 ，你 還 是 聽 不懂。

● 𣍐 閣　講　啊 啦。
mài gorh gòng a° la°。
不要再　說 了。

● 我　聽　䀸　　　落去
ghua tiāⁿ bhue/bhe lorh ki°。
我　聽　不　　　下　去。

● 我　（真/　誠　　　/足）受氣。
ghua (zīn/ziaⁿ/ziāⁿ/ ziok) siu ki。
我　很　　　　　　　生氣。

● 我　欲　　　互你氣死　　　啊啦。
ghua bheh/bhueh ho li ki si°(kì sì) a° la°。
我　要　　　　被你氣死　　　了。

● 嬡　共我　當作　　　瘋子。
mài ga ghua dòng zùe/zòr siàu e°。
別　把我　當作　　　瘋子。

● 你傷　　　毋是　款　啊啦。
li siūⁿ/siōⁿ m si kùan a° la°。
你太　　　不像　話　了。

● 你無　　　救　啊/囉。　　（你無　　　　效　啊/囉。）
li bhor/bhōr giu a°/lo°。　　(li bhor/bhōr hāu a°/lo°。)
你沒　　　救　了。

● 我　後擺無　　　愛閣　看　著　你啊。
ghua au bài bhor/bhōr ài gorh kùaⁿ diorh lì a°
我　以後不　　　要再　見　到　你了。

● 我　（真/　誠　　　/足）煩　　　惱。
ghua (zīn/ziaⁿ/ziāⁿ/ ziok) huan/hūan lòr(nàu)。
我　很　　　　　　　煩　　　惱。

189

● 我　心　情　(真/ 誠　　 / 足)　亂。

ghua sīm zǐng (zīn/ziaⁿ/ziāⁿ/ ziok)lūan。

我　心　情　很　　　　　　　　亂。

● 我　心　情　(真/ 誠　　 / 足)　差 (穤)。

ghua sīm zǐng (zīn/ziaⁿ/ziāⁿ/ ziok) ca (bhài)。

我　心　情　很　　　　　　　　差。

● 癋　閣　煩　我。

mài gorh huan ghua/ghùa (hǔan ghua°)。

別　再　煩　我。

● 真　(誠　　 / 足)　傷　　　腦　筋。

zīn(ziaⁿ/ziāⁿ/ ziok) siōng/siāng nau gun/gin。

真　　　　　　　傷　　　腦　筋。

● 我　真　(誠　　 / 足)　後　悔。

ghua zīn(ziaⁿ/ziāⁿ/ ziok) hior hùe。

我　真　　　　　　　後　悔。

● 我　傷　無　　　細　膩　啊。(張　　 持) / (注意)
啊

ghua siūⁿ/siōⁿ bhor/bhōr sùe/sè lī/rī/ghī a°。(diūⁿ/diōⁿ dǐ) / (zù i)
a°。

我　太　不　　　小　心　了。

● 閣　互我　一　擺　機　會　啦！

gorh ho ghua zīt bai gī hūe la°！

再　給我　一　次　機　會　吧！

190

● 我 會好 好仔反 省（檢 討）。
ghua e hor hor a huan sìng (giam tòr)。
我 會好 好的反 省。

● 我 會改過 自新。
ghua e gai gor zu sin。
我 會改過 自新。

● 我 會重 新做 人。
ghua e diong sin zùe/zòr lăng。
我 會重 新做 人。

● 真 正（正 實）無 法 度 挽 回啊是毋？
zīn ziàⁿ(ziàⁿ sīt) bhor/bhōr huat dō/do bhan hue aº sī-mº?
真 的 無 法 挽 回了嗎？

● 儍 嚇驚 我。
mài hè giaⁿ ghua/giāⁿghuaº。
不要嚇 我。

● 驚 死 人 喔！
giaⁿ siº langºohº！ / giāⁿ si lăng ohº！
嚇 死 人 了！

● 我 驚俗 欲 死。
ghua giāⁿ gah bheh/bhueh sì。
我 嚇 得 要 死。

● 我 （真 /誠 / 足) 無 膽。
ghua (zīn/ziaⁿ/ziāⁿ/ ziok) bhor/bhōr dàⁿ。
我 很 沒 膽。

191

● 我　驚　佮　軟　腳。
ghua giāⁿ gah nng ka。
嚇　得　我　腳　軟。

● 我　驚　佮　皮皮　扯。
ghua giāⁿ gah pi pi cūah
嚇　得　我　發　　抖。

● 癏　攪　鬧　啊。
mài gorh nāu aˊ。
別　再　鬧　了。

● 癏　攪　耍　啊。
mài gorh sǹg aˊ。
別　再　玩　了。

● 我　（真 /誠　　/足）忝。
ghua (zīn/ziāⁿ/ziāⁿ/ ziok) tiàm。
我　很　　　　　　累。

● 我　忝　死　啊。
ghua tiàm siˊ aˊ。
我　累　死　了。

● 四肢攏　無　　　力。
sù gi long bhor/bhōr lat。
四肢都　沒　　　力。

● 跤　足　痠。
ka ziok sng。
腳　好　痠。

192

● 手 足 痛。
ciù ziok tia^n
手 好 痛。

● 我 行 獪 去啊。
ghua gia^n/giā^n bhu̱e/bẖe ki̱ a° 。
我 走 不 動了。

● 我 想 欲 去 睏。
ghua siu̱^{n}/sio̱^{n} bheh/bhueh kì ku̱n 。
我 想 要 去 睡覺。

● 我 （真 /誠 / 足） 耽 心 / 煩 惱。
ghua (zīn/zia̱^{n}/ziā^n/ ziok) dām sim/hu̱an lòr 。
我 很 擔 心。

● 我 猶是獪 放 心。
ghua iau si̱ bhu̱e/bẖe hòng sim 。
我 還是不 放 心。

● 請 你 放 心。
cia^n li°/lì hòng sim 。
請 你 放 心。

● 無 問 題 啦！
bho̱r/bhōr bhu̱n dŭe/dĕ la° ！
沒 問 題 啦！

● 想 較 開一 點 仔！
siu̱^{n}/sio̱^{n}kah kui zit° diam° a° ！
想 開一 點！

193

● 猶 會 得 過　　啦！
iau e dit ge/gue laº！
還 過 得 去　　啦！

● 我　一　無　所有。(我　無　　　　半　項)。
ghua it bhŭ so iù。(ghua bhor/bhōr bùaⁿ hāng)。
我　一　無　所有。

● 這　着　是 命運。(運 命)
ze diorh si mia ūn。(un miā)
這　就　是 命運。

● 請　　面　對　　　　現　實。
ciaⁿ bhin dùi(bhīn dui) hian sit。
請　　面　對　　　　現　實。

● 獪　　　啦！
bhue/bhe laº！
不會　　啦！

● 那會按 呢？
na e ān nē/nī？
怎麼會這樣？

● 你有確　定　無？
li u kak dīng bhorº/bhŏr？
你　確　定　嗎？

● 是 正　　　實 的 是毋？
si ziāⁿ/ziàⁿ sit eº sī-mº？
是 真　　　　的　嗎？

194

● 哪有可能？

na u kor lĭng？

哪有可能？

● 你講 笑 的呼！

li gong ciorh e hoⁿ！

你說 笑 吧！

● 哪有即種 代誌？

na u zit ziōng/zīng dai zi？

哪有這種 事情？

● 想 攏想 獪 到。

siūⁿ/siōⁿ long siuⁿ/sioⁿ bhue/bhe gau。

想 都想 不 到。

● 我 的 心臟 跳（真/誠 /足）緊的。（我的心臟 咇噗跳）

ghua e/ē sīm zōng tiàu(zīn/ziaⁿ/ziāⁿ/ ziok) gìn e°。 （ghua e/ē sīm zōng pīt pōk tiau）。

我 心 跳很 快。

● 我 （真/誠 /足） 緊張。

ghua (zīn/ziaⁿ/ziāⁿ/ ziok) gin diuⁿ/dioⁿ。

我 很 緊張。

● 我 坐獪 牢啊。

ghua ze bhue/bhe diau a。

我 坐不 住了。

● 我　即　欲　　　　失 去 理智囉。

ghua zit bheh/bhueh sit ki° li di̱ lo°。

我　快　要　　　　失 去 理智了。

● 放　較 輕 鬆 一　　點　仔。

bàng kah kīn sang zit° diam° a°。

放　　　輕 鬆 一　　點。

● 請　你 冷　靜。

ciaⁿ li ling zīng。

請　你 冷　靜。

● 我　（真 /誠　　　/足）內　　　向（祕思）。

ghua (zīn/ziaⁿ/ziāⁿ/ ziok)la̱i/lu̱e hio̱ng(bì su̱)

我　　很　　　　　　　內　　向。

● 我　（真 /誠　　　/足）見　笑（歹　　　勢）。

ghua (zīn/ziaⁿ/ziāⁿ/ ziok) giàn sia̱u(pai/paiⁿ se̱)。

我　　很　　　　　　　害　羞。

● 我　（真 /誠　　　/足）歹　　　勢（見　笑）。

ghua (zīn/ziaⁿ/ziāⁿ/ ziok) pai/paiⁿ se̱(giàn sia̱u)。

我　　很　　　　　　　不好意思。

● 妳歹　　　勢（見　笑）佮 面 攏 紅囉。/ 紅 起 來　囉。

li pai/paiⁿ sè(giàn sia̱u)gah bīn long ăng lo° / ăng ki° lai° lo°。

妳不好意思　　　　　得 臉 都　紅 了。

● 着　是 按 呢。

di̱o̱rh si̱ ān nē/nī。

就　是 這 樣。

● 按 呢 做 着 著 啊！

ān nē/nī zue/zor diorh diòr aˋ！

這 樣 做 就 對 了！

● 我 想 嘛／抑 是 愛 按 呢。

ghua siūⁿ/siōⁿ ma/ ia si ài ān nē/nī。

我 想 也 是要這樣。

● 我 嘛／抑 認 為 按 呢。

ghua ma /iah lin/rin/ghin ui ān nē/nī。

我 也 這麼認為。

● 佮 我 想 的一模一樣。

gah ghua siūⁿ/siōⁿ ē it mǒ it iūⁿ/iōⁿ。

跟 我 想 的一模一樣。

● 按 呢 敢 著 是毋。

ān nē/nī gam diorh sī-mˋ

這 樣 對 嗎？

● 瘍 懷 疑，照 做 着 著 啊！

mài huai/hūai ghǐ，ziàu zue/zor diorh diòr aˋ！

不要懷 疑，照 做 就 對 了。

● 你有啥 麼 意 見？

li u siaⁿ meh/mih ì gian？

你有什 麼 意 見？

● 根 本 着 行 𣍐 通。

gūn/gīn bùn diorh giaⁿ/ giāⁿ bhue/bhe tong。

根 本 就 行 不 通。

197

● 你意見　真濟　　喔！
li ì gian zīn zūe/zē o°！
你意見　很多　　喔！

● 嬡　擱　吵　啊。
mài gorh cà　a°。
別　再　吵　了。

● 我　反　對。
ghua huan dui。
我　反　對。

● 我　無　　　同　　意。
ghua bhor/bhōr dong/dōng i。
我　不　　　同　　意。

● 我　抗　議。
ghua kòng ghī　。
我　抗　議。

● 我　無　　（毋）認　　　同。
ghua bhor/bhōr(m) lin/rin/ghin tǒng。
我　不　　　認　　　同。

● 我　無　　（毋）贊　成。
ghua bhor/bhōr(m) zàn sǐng。
我　不　　　贊　成。

● 我　無　　認　　　為按呢。
ghua bhor/bhōr lin/rin/ghin ui ān nē/nī。
我　不　　這麼認為。

● 根　　本 着　毋是 按 呢。
gūn/gīn bùn di̯o̯rh m̠ si̠ ān nē/nī。
根　　本 就　不是 那 樣。

● 這是無　　　可 能 的　代 誌。
ze si̠ bho̠r/bho̠r kor lǐng e̠/ē da̠i zi̠。
這是不　　　可 能 的　事 情。

● 即　點　我 有意見。
zit diàm ghua u̠ ì gi̠an。
這一點　我 有意見。

● 你傷　　　天　真 啊。
li siūⁿ/siōⁿ tiān zin aᵒ。
你太　　　天　真 了。

● 孬　戇 啊。
mài ghōng ā。
別　傻 了。

● 你真（誠　　／足）聰　明　／巧。
li zīn(zi̠aⁿ/zi̠āⁿ/ ziok)cōng bhǐng/kiàu。
你真　　　　　　聰　明。

● 足 奧 妙 的，你真／誠　　有本事（才　　調　　／
才　情）。
ziok òr mi̯āu ē， li zīn/zi̠aⁿ/zi̠āⁿ u̠ bun sū (za̠i /zāi di̯āu　／
za̠i/zāi zǐng)。
太　妙 了，你真　　　有本事。

● 逐 家 攏 是安呢 想 的。
dāk gē long si̱ ān nē/nī siūⁿ/siōⁿ ē/eᵒ。
大 家 都 是這樣 想 的。

● 着 照你講 的去 做。
di̱orh ziàu li gòng eᵒ ki̱ᵒ zu̱e/zo̱r。
就 照你說 的去 做。

● 真（誠 ／足）好。 我 佮意即 個意見。
zīn(zia̱ⁿ/ziāⁿ/ ziok) hòr。 ghua gà ì zit e̱/ē ì gia̱n。
很 好。我 喜歡這 個意見。

● 足 讚的， 着 安呢 啦！
ziok zàn eᵒ ， di̱orh ān nē/nī laᵒ！
太 棒了， 就 這樣 吧！

● 我 相 信，你一定可以的 （會使的 ／有法 度 的）
ghua siōng si̱n， li it di̱ng kor ì eᵒ。 (e̱ sài eᵒ。 /u̱ huat dō ē。)
我 相 信，你一定可以的。

● 團 結 着 是力量。
tu̱an/tūan giāt di̱orh si̱ līk liōng。
團 結 就 是力量。

● 加油！
gā iŭ！
加 油！

● 我 討 厭伊。
ghua tor ia̱ iᵒ。
我 討 厭他。

● 我　恰伊無　　　話通　講。

ghua gah ī/i bho̠r/bhōr ūe tāng gòng。

我　跟他無　　　話可　說。

● 伊(真 /誠　　　/足)　冷　淡的。

ī (zīn/zia̠ⁿ/ziāⁿ/ ziok) ling dām e°。

他很　　　　　　　冷　漠。

● 伊(真 /誠　　　/足)　無　　　　聊。

ī (zīn/zia̠ⁿ/ziāⁿ/ ziok) bho̠r/bhōr liǎu。

他很　　　　　　　無　　　聊。

● 伊做　　　人失　敗。

ī zùe/zòr lǎng sit bāi。

他做　　　人失　敗。

● 伊是歹　　　人。

ī si̠ pai/paiⁿ lǎng。

他是　壞　　　人。

● 我　已　經　滿　足　啊/囉。

ghua i gīng bhuan ziōk a°/ lo°。

我　已　經　滿　足　了。

● 安呢　　着　可以啊 /啦 （會使囉）

ān nē/nī dio̠rh kor ì a°/ la°　(e̠ sài lo°)

這樣　　就　可以了。

● 有夠啊，已經　傷　　濟　　啊 /囉。

u̠ ga̠u a°，　i gīng siūⁿ/siōⁿ zūe/zē a°/ lo°

夠了，　　已經　太　　多　　了。

201

● 你做　　共 足 好 的，我 （真 / 誠　　／足） 滿 意。
li zùe/zòr gah ziok hòr e ，ghua(zīn/ziaⁿ/ziāⁿ/ ziok) bhuan i。
你做　　的 太 好 了，我 很　　　　　　滿 意。

● 這 着 是 我 想　　欲　　　　得 （愛）的。
ze diorh si ghua siuⁿ/sioⁿ bheh/bhueh dih (ai) e°。
這 就 是 我 想　　要　　　　　　　　的。

● 攏 無　　缺 點，太 （有夠 ）完　　美 啦。
long bhor/bhōr kuat diàm，tài (u gàu)uan/ūan bhì la°。
都 沒 有　　缺 點，太　　完 美 了。

● 那　會 安 呢？
nà /na e an ne/ni ？
怎麼 會 這 樣？

● 你根　　本　　着 無 專 心。
li gūn/gīn bùn/bun diorh bhor zūan sim。
你根　　本　　就 不 專 心。

● 你根　　本　　着 是 清 彩 做 做 的。
li gūn/gīn bùn/bun diorh si cìn cai zùe zue e°/zòr zor e°。
你根　　本　　就 是 隨 便 做 做。

● 你竟 然　　（煞）講 出 即 種 話。
li gìng lǐan/rǐan(suah)gong cut zit ziong ūe。
你竟 然　　說 出 這 種 話。

● 人 的 忍　　耐 是 有 限 度 的。
lǎng e lim/rim/ghim nāi si u han dō ē/e°。
人 的 忍　　耐 是 有 限 度 的。

● 你欲　　　氣死　我。

li bheh/bhueh ki̱ si° ghua°(kì si ghùa)。

你要　　　氣死　我。

● 我　忍　　你（真／誠　　／足）久囉。

ghua lun/lim/rim li (zīn/zia̱ⁿ/ziāⁿ/ ziok) gù lo°。

我　忍　　你　很　　　　　久了。

● 你真（誠　　／足）愛講　笑。

li zīn(zia̱ⁿ/ziāⁿ/ ziok) ài gong ciȯrh。

你真　　　　　　愛說　笑。

● 我　真（誠　　／足）欣　羨　你。

ghua zīn(zia̱ⁿ/ziāⁿ/ ziok) hīm sian li°／ hīm si̱an lì。

我　真　　　　　羨　慕　你。

● 是按怎　毋是　我？

si̱ an zuaⁿ m̱ si̱ ghùa？

為什麼　不是　我？

● 請　嬡怨妒　我。

ciaⁿ mài ùan do̱ ghua°。　　（ciaⁿ mài ùan dò ghùa）

請　不要忌　妒　我。

● 天　公　伯仔對　我　　　足無　　　公　平　　啦。

tīⁿ gōng bēh à dùi ghua/ghùa ziok bho̱r/bhōr gōng bǐⁿ/běⁿ la°。

老天爺　對我　　太不　　公　平　了。

● 我　　　　着是好運。

ghua /ghùa dio̱rh si̱ hor ūn。

我　　　　就是好運。

203

● 請 嬡 食 醋。
ciaⁿ mài ziah co。
請 不要 吃 醋。

● 你安呢　會互人　　看 獪　　（毋）起的。
li ān nē/nī e ho lang/lāng kùaⁿ bhue/bhe(m) kì e°。
你這樣　會讓人　　看 不　　　　起的。

● 親　　像你即種　　　（款）　人，永遠 獪　　成
功　的。
cān/cīn ciuⁿ li zit ziong/zing(kuan) lăng，ing uan bhue/bhe sing/sīng
gong ē。
像　　　你這 種　　　　　人，永 遠　不會　　成
功　的。

● 根　　本　　　着 是咧　　騙食騙 啉的 嘛！
gūn/gīn bùn/bun diorh si leh/deh piàn ziah piàn lim e māh！
根　　本　　　就 是在　　騙吃 騙 喝的 嘛！

● 你 叫 是你是啥　　人 喔！
li giòr si li si siaⁿ/saⁿ lăng ōh！（siăng ōh！/siàng ōh！）
你 認 為你是 誰　　　啊！

● 我 根　　本　　無　　　共你看 在/佇眼（目 珠）內。
ghua gūn/gīn bùn/bun bhor/bhōr ga li kùaⁿ zai/di gan(bāk ziū) lāi。
我 根　　本　　不　　　把你看 在　　眼　　　裡。

● 我 無　　　想　　　欲　　　佮你講 話。
ghua bhor/bhōr siuⁿ/sioⁿ bheh/bhueh gah li gong ūe。
我 不　　　想　　　要　　　跟你說 話。

● 嬒 佇遐 怪 東 怪 西 的。

mài dī hia gùai dāng gùai sai e。

別 在 那 怪 東 怪 西 的。

● 你有夠 含 慢 的。　　（你有夠 低 路的。）

li u gàu ham bhān ē。　　（li u gàu ge lō ē。）

你真夠 無 能 的。

● 你傷 　　譀 啊。

li siūⁿ/siōⁿ ham a°。

你太 　　誇張 了。

● 你傷 　　臭 屁 啊。

li siūⁿ/siōⁿ càu pui a°。

你太 　　臭 屁 了。

● 按 　 怎 有可 能？　　（哪有可 能？）

an/àn zuaⁿ u kor lǐng？　　（na u kor lǐng？）

怎 麼 可 能？

● 真（誠 　　/足）互 人 　　想 　　　　嬒 　　到囉！

zīn(ziaⁿ/ziāⁿ/ ziok)ho lang/lāng siuⁿ/siōⁿ bhue/bhe gau lo°。

太 　　　　　　　　不可思議了吧！

● 你確 定。

li kak dīng。

你確 定。

● 我 毋敢 相 信。

ghua m gaⁿ siōng sin。

我 不敢 相 信。

● 到 底　　是 真的抑 是假 的？

dàu due/de si̱ zin e iah si̱ gè e°。

到 底　　是 真的還 是假 的？

● 騙　人　的 啦！

pia̱n lang° e° la°！(piàn la̱ng e la°！)

騙　人　的 啦！

● 實 在（確　實）（ 真 /誠　　　 / 足）可　疑。

sīt zāi(kak sīt)(zīn/zia̱ⁿ/ziāⁿ/ ziok)kor ghi̱。

實 在　　　　　　很　　　　　　　可　疑。

● 我　實 在（確　實）想　　　攏　無 ， 哪有可 能？

ghua sīt zāi(kak sīt) siu̱ⁿ/sio̱ⁿ long bhǒr，na u̱ kor li̱ng？

我　實 在　　　　　想　　不　通 ，哪有可 能？

● 根　　本　　　着 無　　　合 理嘛！

gūn/gīn bùn/bun dio̱rh bho̱r/bhǒr hāp lì māh！

根　　本　　　就 不　　　合 理嘛！

● 差 一　點 仔着　互伊唬去 啊 囉。

cā zīt diam à dio̱rh ho̱ ī hò ki° a° lo°。

差 一　點　　　被他唬去　　了。

● 有 夠感　動　的 啦。

u gàu gam dōng e° la°。

太　感　動　　了。

● 我　深 深 互（受）你感　動。

ghua cīm cim ho̱ (si̱u) li gam dōng。

我　深 深的被　你感　動。

206

● 感 謝你為我 付出一切。

gam sia li ui ghua hù cut it ce。

感 謝你爲我 付出一切。

● 我 無 顧 一切，只（干 焦）是為 着 愛你。

ghua bhor/bhōr gò it ce，zi (gān dā)si ui diorh ai li°。

我 不 顧 一切，只 爲 了 愛你。

● 伊的 孝 心，連 老師 嘛 感 動 佮 哮 出來。

ī e/ē hàu sim，lian lau su ma gam dong gah hàu/kau cūt lai°。

他的 孝 心，連 老師也 感 動 得 哭 了起來。

● （真/誠 /足） 無 彩 的呢。

(zīn/ziaⁿ/ziāⁿ/ ziok)bhor/bhōr cài e° neh。

太 可 惜 了。

● 差一 點仔着 成 功 啊/囉

cā zīt diam à diorh sing gong a° / lo°。

差一 點 就 成 功 了。

● 怪 我 家己 無 夠 認 真 （拍 拼）。

gùai ghua gā gī/dī bhor/bhōr gàu lin/rin/ghin zin(pà biaⁿ)

怪 我 自己 努力不夠。

● （真/誠 /足）失 禮，互 你失 望 啊/囉

(zīn/ziaⁿ/ziāⁿ/ ziok)sit lè， ho li sit bhōng a° / lo°。

非常 抱 歉，讓 你失 望 了。

● 啥 人 叫 你毋共我 鬥 相 共 （鬥 跤 手）。

siaⁿ lăng giòr li m ga ghua dàu sāⁿ/siōr gāng(dàu kā ciù)。

誰 叫 你不幫 我。

207

● 你掠　準（叫　是）你是 啥　人？

li li<u>a</u>h zun(giòr s<u>i</u>) li s<u>i</u> siaⁿ l<u>ǎng</u>/siǎng？

你以　爲　　　你是 誰？

● 你即　馬（即　陣）歡　喜啊　乎？

li zit mà(zit zūn) hūa hì a° hoⁿ？

你現 在　　　　高　興了　嗎？

● 你傷　　　譀 啊 啦。

li siūⁿ/siōⁿ h<u>a</u>m a° la°。

你太　　　誇 張 了。

● 你干　乾會 曉　出 一 支 喙。

li gān dā <u>e</u> hiau cut zīt gī c<u>u</u>i。

你只　會　　出 一 張 嘴。

● 知 影 毋 著 啊 乎！

zāi iaⁿ <u>m</u> diorh a° hoⁿ！

知 道 錯　　了 吧！

● 我　　挺 你。

ghua tīn li°。　（ghua tīn l<u>ī</u>）（ghua t<u>i</u>n lì）。

我　挺 你。

● 我　一 定　（絕　對）支 持 你。

ghua it d<u>i</u>ng (zūat dùi)zī c<u>i</u> li。　　（zī c<u>i</u> lì。）（zī cǐ li°。）

我　一 定　　　　支 持你。

● 我　對 你　有 信　心。

ghua dùi lì(li) <u>u</u> sìn sim。

我　對 你　有 信　心。

● 你一定（絕對）做　會到。
li it dīng(zūat dùi) zùe/zòr e gau。
你一定　　　做　的到。

● 請 你 放 一百個　心。
ciaⁿ li hòng zīt bà e/ē sim。
請 你 放 一百個　心。

● 請 你 相 信 我。
ciaⁿ li siōng sin ghua°。　（ciaⁿ li siōng sìn ghùa。）
請 你 相 信 我。

● 請　放 手 去 做。
ciaⁿ bàng ciù ki° zue/zor。
請　放 手 去 做。

● 到 底　　是欲　　按怎　　做　呢？
dàu due/de si bheh/bhueh àn zuaⁿ/zaⁿ zue/zor nē？
到 底　該　　　怎麼　　辦　呢？

● 叨 一個好 呢？
dor zīt ě hòr ne/nē？
哪 一個好 呢？

● 我　應該（着 愛）選 叨 一個？
ghua īng gāi (diorh ài) suan dor zīt ě？
我　該　　　　選 哪一個？

● 我　嘛 毋知 影，啥人　著 啥人 毋 著？
ghua ma m zāi iàⁿ，siàng diorh siàng m diorh？
我 也 不知道，誰　對 誰 錯？

209

● 互 我 想　　一 下。
ho̠ ghua siūⁿ/siōⁿ zit° e°。
讓 我 想　　一 想。

● 想　　好 抑 膾?
siūⁿ/siōⁿ hòr iah bhūe/bhē?（siu̠ⁿ/sio̠ⁿ hòr ah° bhūe/bhē?）
想　　好 了 嗎?

● 真 正 足 困 難。
zīn ziàⁿ ziok kùn lǎn。
真 的 很 困 難。

● 無　　簡 單 喔!
bho̠r/bhōr gan dan oh°!
不　　簡 單 喔!

● 清 彩 啦!
cìn cài la°
隨 便 啦!

● 較 認　　真 一 點 仔 好 毋（好　　無）?
kah li̠n/ri̠n/ghi̠n zin zit° diam° a° hòr-m°（hòr bhor°）?
　　認　　真 一 點 好 嗎?

● 恭 喜!
giōng hì!
恭 喜!

● 恭 喜 發 財!
giōng hi huat zǎi!
恭 喜 發 財!

210

● 新 年 快 樂！
sīn nǐ kùai lok！
新 年 快 樂！

● 生 日　　 快 樂！
sī/sē lit/rit/ghit kùai lok！
生 日　　 快 樂！

● 聖 誕 快 樂！
sìng da̱n kùai lok！
聖 誕 快 樂！

● 祝 你 快 樂！
ziok li kùai lok！
祝 你 快 樂！

● 祝 你 幸 福！
ziok li hi̱ng hōk！
祝 你 幸 福！

● 祝 恁 白 頭 偕 老！
ziok lin bīk tiǒr gāi nò！
祝你們 白 頭 偕 老！

● 祝 你早 生　 貴 子！
ziok li za sīng/sing gùi zù！
祝 你早 生　　 貴 子！

● 祝 你 工 作 順 利！
ziok li gāng zōk su̱n lī！
祝 你 工 作 順 利！

● 祝 你 學 業 進 步！
ziok li hāk ghiap zìn bō！
祝 你 學 業 進 步！

● 祝 你 早 日 康 復！
ziok li za lit/rit/ghit kōng hok！
祝 你 早 日 康 復！

● 祝 你 平 安！
ziok li b<u>i</u>ng/bīng an！
祝 你 平 安！

● 祝 你 成 功！
ziok li s<u>i</u>ng/sīng gong
祝 你 成 功！

● 祝 你 好 運！
ziok li hor ūn！
祝 你 好 運！

● 祝 你 一 路 順 風！
ziok li zīt/it lō s<u>u</u>n hong！
祝 你 一 路 順 風！

● 祝 你 旅 途 愉 快！
ziok li lu/li dǒ lū/rū k<u>u</u>ai！
祝 你 旅 途 愉 快！

● 祝 你 萬 事 如 意！
ziok li bh<u>a</u>n sū/sī l<u>u</u>/rū <u>i</u>！
祝 你 萬 事 如 意！

● 真（誠　　　／足）失禮。

zīn(zia^n/ziā^n/ ziok)sit lè。

真　　　　　　　失禮。

● 我　毋是故意的。　（我　毋是 挑/勹　　工 的）　　（我　毋是 挑 / 勹 持的）

ghua m̱ sī gò i̱ e°。（ghua m̱ sī tiāu/diāu gang e°）。　　（ghua m̱ sī tiāu/diāu di̱ e）。

我　　不是故意的。

● 請　你原　　諒　我。

cia^n li ghu̱an liōng ghua°（cia^n li ghu̱an liōng ghūa/ cia^n li ghuan li̱ong ghùa）。

請　你原　　諒　我。

● 我　　對　不　起妳。

ghua dùi but kì li°。　（ghua dùi but ki lì。）

我　　對　不　起妳。

● 請　你體　諒　我。

cia^n li te liōng ghua°　（cia^n li te liōng ghūa/ cia^n li te li̱ong ghùa）。

請　你體　諒　我。

● 嫒　閣　受氣啊，我　知影毋著　啊！

mài gorh siu^n ki̱ a°，ghua zāi ia^n m̱ diorh a°！

別　再　生氣了，我　知道錯　　了。

● 我　會閣　較細　膩　　　的。（我　會閣　較注　意　的。）

ghua e̱ gorh kah sùe/sè lī/rī/ghī e°。（ghua e̱ gorh kah zù i̱ e°）

我　會更　加小　心　　　的。

● 我　後擺（遍）膾　　　閣　犯囉。
ghua au bài (bian) bhue/bhe gorh hūan lo°。
我　下次　　　不會　　再　犯　了。

● 我　會記咧即擺（遍）的　教　訓。
ghua e gì leh zit bài (bian) e/ē gàu hun。
我　會記得這次　　　的　教　訓。

●（真/誠　　　/足)歹　　勢，因為塞車，所致傷　　晏來
啊。
(zīn/ziā/ziā/ ziok)pai/pai se，īn ui tat cia ，so dì siū/siō ùa lai
a。
很　　　　　　　抱　　歉，因為塞車，所以來　　晚了。

● 即　擺（遍）我　請　客。
zit bài (bian)ghua cai kēh。
這次　　　我　請　客。

● 感　謝你！
gam siā li°！（gam sia lì！）
感　謝你！

● 多　謝！多　謝！
dōr siā ! dōr siā !
多　謝！多　謝！

● 多　謝你！
dōr siā li°！（dōr sia lì！）
謝　謝你！

214

● 我　會記咧你　為我　　　　所做　　的　一切。

ghua e gì leh li/lì ui ghua/ghùa so zue/zor e/ē it ce。

我　會記得你　爲我　　　　所做　　的　一切。

● 歹　　　勢，閣　愛（着）　麻　煩　你。　（麻　煩　你）

pai/paiⁿ se，gorh ài(diorh) ma huan li/lì。（ma hŭan li°）

不好意思，　又　要　　　麻　煩　你。

● 彼　無　　　　啥!

he bhor/bhōr siaⁿ°!

那　沒　　　　什麼!

● 請　你放　心。

ciaⁿ li hòng sim。

請　你放　心。

● 猶　有機會，瘓（毋　免）　傷　　　過　　傷　心。

iau u gī hūe，mài(m bhian)　siūⁿ/siōⁿ gè/gùe siōng sim。

還　有機會，不要　　　太　　　　傷　心。

● 瘓（毋　免）傷　　掛意（致意）。

mài(m bhian) siūⁿ/siōⁿ gùa i　(dì i)。

不要　　　太　　在意。

● 無　　　　歡　喜（爽　快）的　代　誌，着　共它放　膾

記的 啦！

bhor/bhōr hūaⁿ hì (song kuai) e/ē dai zi，diorh ga ī bàng bhue/bhe

gi e° la°!

不　　　　愉　快　　　的　事，　就　把它忘　了吧！

● 加油！

gā iǔ

加油！

● 我　知影　　你一定（絕　對）做　　會到 的。

ghua zāi iaⁿ(iàⁿ) li it dīng (zūat dùi) zùe/zòr e gau e°。

我　知道　　你一定　　　　　做　　得到 的。

● 堅持　到 最後（上　尾　　仔），你一定（絕　對）會
成　　　功。

giān cī /cī gàu zùe āu (siong bhè/bhùe a°)，li it dīng (zūat dùi) e
sīng/sīng gong。

堅持　到 最後，　　　　　　　　你一定　　會成功。

● 提　出你的　勇　氣，衝！ 衝！ 衝！

te/tē cut li e/ē iong kī，ciong! ciong! ciong!

拿　出你的　勇　氣，衝！ 衝！ 衝！

● 失敗為　成　　功 之母。

sit bāi ui/ūi sīng/sīng gong zī bhiòr/ bhù/bhòr

失敗爲　成　　功 之母。

● 你真（誠　　　／足）讚！

li zīn(ziaⁿ/ziāⁿ/ ziok) zàn！

你真　　　　　　棒！

● 我　　　　　着 知影 你有法 度（辦　法）。

ghua(ghùa) diorh zāi iaⁿ li u huat dō (ban hūat)。

我　　　就 知道 你行。

● 你真（誠　　 ／足）優 秀。
li zīn(ziaⁿ/ziāⁿ/ ziok) iū siu。
你真　　　　　　　優 秀。

● 你真（誠　　 ／足）巧（ 聰 　明 ）。
li zīn(ziaⁿ/ziāⁿ/ ziok)kiàu (cōng bhǐng)。
你很　　　　　　聰明。

● 你真(誠　　 ／足)鑽 鑽。　　 你 反 應 真（誠　　 ／
足)緊/好。
li zīn(ziaⁿ/ziāⁿ/ ziok)lǹg zng。　　 li huan ing zīn(ziaⁿ/ziāⁿ/
ziok)gìn/hòr。
你真　　　　　機 靈。

● 你真 / 誠　　 / 足 了 不 起。(你 真 不 得 了)。
li zīn /ziaⁿ/ziāⁿ/ ziok liau but kì。 (li zīn but dik liàu)。
你真　　　　　　 了 不 起。

● 互你辦 代誌我 真/ 誠　　 /足 放　 心。
ho li ban dai zi ghua zīn/ziaⁿ/ziāⁿ/ ziok hòng sim。
讓 你 辦 事 我 很　　　　放　心。

● 你真（ 誠　　 /足)有 能　　 力 /才　　 調 /才　　 情。
li zīn (ziaⁿ/ziāⁿ/ ziok) u ling/līng lik/zai/zāi diau/zai/zāi zǐng。
你真　　　　　　有 能　　 力。

● 你真（ 誠　　 /足)有 本 事 /能　　 力 /才　　 調 /才
情。
li zīn (ziaⁿ/ziāⁿ/ ziok) u bun sū/ling/līng lik/zai/zāi diau/zai/zāi
zǐng。
你真　　　　　　 有 本 事。

217

● 毋是彼樣　　（款）的啦。　　　毋是按呢　啦
m̱ s̱i hit iūⁿ/iōⁿ(kuan) e°la°　　　m̱ s̱i an ne/ni la°。　(m̱ s̱i ān
nē/nī la°)
不是那樣　　　　　　的。

● 請　嬡　亂　講。（請毋通　亂　講。）（請　毋通烏白
講。）
ciaⁿ mài ḻuan gòng。（ciaⁿ m̱ tāng ḻuan gòng。）(ciaⁿ m̱ tāng ō ḇeh
gòng。）
請　不要亂　說。

● 請　提　出證　據。
ciaⁿ te̱/tē cut zìng g̱u。
請　拿　出證　據。

● 我　毋是恁　所講的彼樣　　（款）。　　我毋是恁　　所
講　的按呢
ghua m̱ s̱i lin/lìn so gòng e° hit iūⁿ/iōⁿ(kuan)。　　ghua m̱ s̱i lin/lìn so
gòng e° an ne/ni。
我　不是你們　所　說的那　樣。

● 我　欲　　　告你。
ghua bheh /bhueh g̱or li° (gòr lì)。
我　要　　　告你。

● 請　注意/細　膩。
ciaⁿ zù i̱ /sùe/sè ḻī/rī/ghī。
請　注意。

● 開（駛）車 愛（着） 專 心。
kūi(sai)cia ài (diorh) zūan sim。
開　　車 要　　　專　心。

● 行　　　路愛（着）　小 心／注意／細　　膩。
giaⁿ/giāⁿ lō ài (diorh) sior sim／zù i／sùe/sè lī/rī/ghī。
走　　　路要　　　小　心。

● 薰 癦（毋 通）食 傷　　　濟。
hun mài(m tāng)ziah siūⁿ/siōⁿ zūe/zē。
煙 不要　　　　抽 太　　　多。

● 癦（毋 通）　亂（烏白）開 玩 笑（滾 耍 笑）。
mài(m tāng)luan(ō beh) kāi uan siàu (gun sng ciorh)。
不要　　　　亂　　　開 玩 笑。

● 天 氣 冷（寒）囉，請 加 穿 幾 領 衫。
tīⁿ ki lìng(gǔaⁿ)lo°，ciaⁿ gē cing gui liaⁿ saⁿ。
天　冷　　了，請 多 穿 幾 件 衣服。

● 較 細　　聲 一　點 仔。
kah sùe/sè siaⁿ zit° diam° a°。
　　小　聲 一　點。

● 開（駛）較 慢 一　點 仔。
kūi(sai) kah bhān zit° diam° a°。
開　　　慢 一　點。

● 較 早 眠 一 下。
Kah za kun zit° e°。
　　　早一點睡。

● 食　飽抑　未？

ziah bà ah bhūe/bhē？(ziah bà ah° bhue°/bhe°？)

吃　飽了　沒？

● 注意燒。

zù ì sior。

小心燙。

● 你真　（誠　　／足）緣　　投！

li zīn (ziaⁿ/ziāⁿ/ ziok)ian/iān dǎu！

你真　　　　　　帥！

● 妳真　（誠　　／足）婿！

li zīn (ziaⁿ/ziāⁿ/ ziok)sùi！

妳真　　　　　　美！

● 妳真　（誠　　／足）古錐！

li zīn (ziaⁿ/ziāⁿ/ ziok)go zui！

妳真　　　　　　可愛！

● 妳身材（體格）真（誠　　　／足）好／婿／讚！

li sīn zǎi(te gēh) zīn (ziaⁿ/ziāⁿ/ ziok)hòr/ sùi/zàn！

妳身材　　　　真　　　　　　　　好！

● 你真　（誠　　／足）懸／躼

li zīn (ziaⁿ/ziāⁿ /ziok) gǔan/lor。

你真　　　　　　高！

● 你真　（誠　　／足）矮！

li zīn (ziaⁿ/ziāⁿ /ziok) ùe/è！

你真　　　　　　矮！

● 你真 （誠 ／足）肥 ／大 箍！
li zīn (ziaⁿ/ziāⁿ /ziok)bŭi/dua ko！
你真　　　　　　　胖！

───────────────────────

● 你真 （誠 ／足）瘦！
li zīn (ziaⁿ/ziāⁿ /ziok)sàn！
你真　　　　　　瘦！

───────────────────────

● 你真 （誠 ／足）健 康 ／勇 健！
li zīn (ziaⁿ/ziāⁿ /ziok) gian kong/iong giāⁿ！
你真　　　　　健 康！

───────────────────────

● 你（真 ／誠 ／足）虛！
li (zīn /ziaⁿ/ziāⁿ /ziok) hi！
你 很　　　　　　虛！

───────────────────────

● 你（真 ／誠 ／足）老 實 ／忠 厚/古意！
li (zīn /ziaⁿ/ziāⁿ /ziok)lau sit/diōng hō/go i！
你 很　　　　　老 實！

───────────────────────

● 你無　　　老 實 /忠 厚/古意！
li bhor/bhōr lau sit/diōng hō/go i！
你不　　老 實！

───────────────────────

● 你（真 ／誠 ／足）無　　老 實 /忠 厚/古意！
li (zīn /ziaⁿ/ziāⁿ /ziok) bhor/bhōr lau sit/diōng hō/go i！
你 很　　　　　不　　　老 實！

───────────────────────

● 你（真 ／誠 ／足）善 良！
li (zīn /ziaⁿ/ziāⁿ /ziok)sian liŏng！
你 很　　　　　　善 良！

● 你(真 /誠　　 /足) 溫柔！

li (zīn /ziaⁿ/ziāⁿ /ziok) ūn liŭ/riŭ！

你 很　　　　　　　溫 柔！

● 你(真　/誠　　 /足) 有魅 力！

li (zīn /ziaⁿ/ziāⁿ /ziok) u bhe lik！

你 很　　　　　　　有魅 力！

● 你(真　/誠　　 /足) 無　　　　品！

li (zīn /ziaⁿ/ziāⁿ /ziok) bhor/bhōr pìn！

你 很　　　　　　　沒　　　品！

● 你(真　/誠　　 /足) 粗魯！

li (zīn /ziaⁿ/ziāⁿ /ziok) cō lò！

你 很　　　　　　　粗魯！

● 你(真　/誠　　 /足) 討厭/顧人　　　怨！

li (zīn /ziaⁿ/ziāⁿ /ziok) tor ia/ gò lang/lāng uan　！

你 很　　　　　　　討 厭！

● 你(真　/誠　　 /足) 得人　　　疼 /有人　　　緣！

li (zīn /ziaⁿ/ziāⁿ /ziok)dit lang/lāng tiaⁿ/u lang/lāng iăn！

你 很　　　　　　　討　　　喜！

● 你(真　/誠　　 /足) 有錢 /好　額！

li (zīn /ziaⁿ/ziāⁿ /ziok) u zĭⁿ /hor ghiah！

你 很　　　　　　　有錢！

● 你(真　/誠　　 /足) 散！

li (zīn /ziaⁿ/ziāⁿ /ziok)san！

你 很　　　　　　　窮！

● 我　愛你。

ghua ai li°　。　(*ghua ài lì*)。

我　愛你。

● 我　佮意　你。

ghua gà i　li°。(*ghua gà ì lì*)。

我　喜歡　你。

● 我　煞　着　你了。

ghua sà^n diorh lì lo°　(*ghua sa^n° diorh° li°lo°*)

我 被 你 迷 倒 了。

● 請　佮　我　交　往。

cia^n gah ghua gāu òng。

請　和　我　交　往。

● 我　(真 /誠　　/足)想　　　你。

ghua(zīn /zia^n /ziā^n /ziok)siū^n/siō^n li。　(*ghua zīn /zia^n /ziā^n /ziok siu^n/sio^n lì*。)

我　很　　　　　　　想　　　你。

● 會 當　(使)互 我　你的　電　話　獪 ？

e dàng (sai)ho ghua li e /ē dian ūe bhūe/bhē/ bhue°/bhe° ?

可 以　　　給 我　你的　電　話 嗎？

● 嫁 互　我　好 無　/毋 ？

gè hō ghua hòr bhor°/m° ?

嫁 給　我　好　嗎？

國家圖書館出版品預行編目(CIP)資料

正港台語入門書 / 胡美津編著. -- 初版. --

新北市：智寬文化, 2015.11

面；　公分. --（外語學習系列；A013）

ISBN 978-986-92111-1-6(平裝附光碟片)

1.臺語 2.讀本

803.38　　　　　　　　　　　　　104022392

外語學習系列 A013

正港台語入門書（附MP3）

2020年3月　初版第3刷

編著者	胡美津
錄音者	胡美津／常菁
出版者	智寬文化事業有限公司
地址	23558新北市中和區中山路二段409號5樓
E-mail	john620220@hotmail.com
郵政劃撥‧戶名	50173486‧智寬文化事業有限公司
電話	02-77312238‧02-82215078
傳真	02-82215075
印刷者	永光彩色印刷廠
總經銷	紅螞蟻圖書有限公司
地址	台北市內湖區舊宗路二段121巷19號
電話	02-27953656
傳真	02-27954100
定價	新台幣350元